Ces liens qui nous lient

Le livre qui fit le tour du monde : 1

Ces liens qui nous lient

Ismael NH

Native Production

2018

Sommaire

Remerciements

À Agathe, et à toutes les fées qui jalonnèrent mon chemin, à tous ceux qui à chaque rencontre, posèrent la pierre qui me permit de me retrouver.

« Ces liens qui nous lient » est le premier opus de la série : Le livre qui fit le tour du monde.

Cette dernière, bien que non exhaustive, sera composée d'une douzaine d'ouvrages, qui vous emmèneront vers des contrés plus ou moins lointaines, et mettront en scène des personnages atypiques.

Ismael NH

Introduction

Nous avons coutume de penser que les ouvrages possèdent une âme. Mais n'est-ce pas, seulement, le reflet de celle de son auteur, que son hôte vous invite à rencontrer en parcourant ses pages ?

Au-delà de son aspect physique, pouvons-nous admettre qu'un manuscrit puisse détenir de meilleures pensées que celles dont il a la mission de nous transmettre ?

Notre perspicacité peut nous aider, à grand renfort d'inspiration, à entrevoir derrière les lignes, une signification particulière, qui se distingue du sens premier. Mais force est de constater que, quelque interprétation que l'on puisse faire, elle n'appartient qu'à notre imaginaire. Cela explique par exemple, pourquoi certaines personnes, vont être touchées par la poésie d'une phrase, alors qu'elle ne constituera pour d'autres, qu'une suite de mots et un point.

Chacun trouve dans la lecture ce qu'il est venu chercher, et la difficulté d'un auteur est d'offrir, à cette personne, ce qu'elle attend de lui.

Mais comment pourrait-il tous les satisfaire ? Ils sont tous des individus à part entière, avec chacun leurs propres besoins, émotions, histoires et sensibilités.

Dans cette chaîne de l'information, il serait inconcevable de supprimer l'intermédiaire, vu que le lecteur doit se lier à ce maillon qu'est l'ouvrage.

J'ai imaginé qu'un livre puisse un jour se libérer de cette chaîne. Dans le cadre d'un accident et d'une rencontre opportune, il acquiert une autonomie spirituelle, lui permettant de se transformer et de répondre exactement aux besoins de chacun de ses lecteurs. On pourrait comparer cela à une intelligence littéraire artificielle, dotée de métamorphose, de discernement, de compassion, d'analyse psychologique, etc., et d'amour.

Il deviendrait le miroir de notre âme, nous renverrait nos propres émotions, et contribuerait à nous libérer, à notre tour, de nos chaînes. Vous conviendrez avec moi que la notion de lavage de cerveau prend, tout de suite, une autre dimension.

Mais quel risque peut-on courir à se regarder dans un miroir, sinon celui de finir comme la fleur, que l'on prénomme Narcisse ?

À cet exercice, notre unique ennemi est seulement nous-même. Pour tous ceux qui ne recherchent, qu'a flatter leur ego, il est fort peu probable qu'un tel livre, leur soit, réellement profitable.

Certains jeux d'enfants dénotent un certain masochisme. Prenons par exemple, le jeu de cache-cache, le gagnant est celui qui est resté enfermé le plus longtemps. Pourrait-on imaginer qu'à l'âge adulte, on puisse, pour briller, entrer volontairement et se maintenir dans une geôle ?

Le livre a pu se libérer de ses chaînes, car il s'est avant tout doté d'une conscience. Celle qui lui dictait qu'un être, quel qu'il soit, demeure bien plus grand quand il dirige sa vie, et n'accepte en son cœur, que le récit de ses propres choix.

Je vous invite donc à parcourir le récit de la vie de ce manuscrit, et vous souhaite une excellente lecture, de vous-même.

Le hasard guide ceux qui l'observent, et traînent ceux qui l'ignorent.

***

Chapitre 1 : Agathe

« Puisse la vie, sublimer ce qui déjà en toi rayonne ! »

J'aime beaucoup cette citation et je peux même ajouter que je suis honoré de la partager avec vous. Qu'importe qui en est l'auteur, le principal est qu'elle pourrait s'adresser à n'importe lequel d'entre nous, et lui apporter juste assez, d'énergie pour que renaisse en lui l'espoir d'une vie meilleure.

Je m'en souviens encore ; lorsque j'ai reçu ces mots pour la première fois, et que j'ai senti la plume glisser sur mon vélin, chaque lettre avait laissé, sur le papier, la douce sensation d'une caresse et le souvenir indélébile d'un tatouage. En ayant seulement effleuré ma peau, ils avaient investi mon âme. J'ai pris, à ce moment-là, conscience de l'être qui sommeillait en moi et qui jusqu'alors, n'avait pas considéré l'étendue de sa véritable fonction. Avant cela, j'étais persuadé de n'être qu'un volume de pages, qui acceptait d'être manipulé comme un simple objet. Je porte encore les mémoires des tortures que l'on m'infligea, autant d'angles écornés que de traces de doigts, la marque des ratures, sur des mots qui ne convenaient pas, et des tâches de tous genres, dessinées négligemment.

Je subissais les outrages de mes lecteurs, car l'affirmation dont l'auteur m'avait assorti éveillait en eux la tristesse ou la colère. J'absorbais ainsi les malheurs de ces êtres, que les mots avaient troublés jusqu'au fond de leurs âmes. Même si je demeurais un simple messager, j'endossais bien souvent le rôle de coupable. Je pensais pouvoir offrir à ces pupilles, une fenêtre, ouverte sur un jardin imaginaire. Mais tant de larmes sont venues gonfler mes fibres cellulosiques, laissant le goût salé d'une douleur dévoilée. Je souffrais d'inspirer autant de tristesse, quand mon intention consistait uniquement à instruire.

Une nuit d'un hiver glacial, j'ai cru que mon heure avait sonné. Cela faisait déjà plusieurs heures que je sentais la tension monter. L'homme m'avait griffé plusieurs fois de ses ongles sales. Le passage où j'invoquais l'attachement entre deux êtres vit ses feuilles froissées par le sursaut d'orgueil, d'un père abandonné par sa femme. Je ne pouvais me soustraire à ma mission et j'ai dû encaisser sans bouger, livrant la suite des écrits sur l'autel de sa peine. Il tremblait de nervosité, dévorant chaque phrase d'un appétit ogresque, et pinçait le bas de mes feuillets pour défouler sa rage. L'auteur dont j'illustrais la plume aborda le thème de l'amour inconditionnel, celui qui vous invite à accepter tous les défauts de l'être que l'on chérit. Mauvaise humeur, égoïsme, tache d'envie sur le visage, autant d'imperfections qu'il énumérait comme une liste de syndromes, mais que l'élan de cette douce affection balayait d'un revers amoureux. Il ajoutait que dans l'absolutisme de ce sentiment, il convenait même de tolérer l'infidélité.

À ces mots, je sentis ma page se déchirer, sous l'impulsion de la main qui se crispait. Le bras animé d'une fureur indescriptible me projeta violemment vers le foyer de la cheminée. Je gisais sur les carreaux de terre cuite, ouvert vers le sol, ma couverture enfouie sous les cendres périphériques. J'avais heurté un des chenets, ce qui dévia ma course, me laissant un léger répit, prélude à mon retour à la poussière.

Les livres que j'avais auparavant, côtoyés sur une étagère, vinrent alimenter le brasier de sa colère. Les flammes s'élevèrent progressivement vers l'avaloir, entraînant avec elles les fumées et autres gaz de combustion. J'aperçus sur la plaque de Contrecœur une scène de chasse où figuraient des chiens sur le point d'achever une biche. Le relief de la fonte décrivait subtilement l'hallali où seul le son du cor manquait à l'appel de ce sacrifice. Dans ses yeux, j'ai saisi toute la détresse de la bête, résignée à succomber aux assauts des puissantes mâchoires.

C'est dans ces brèves histoires de temps que l'on mesure l'importance des instants passés. Chaque seconde revêt aussitôt un manteau couvert de dorures, dans lequel il fleure bon se blottir pour apprécier la douceur de l'existence. Je sentais mon cuir roussir peu à peu, à mesure que le feu crépitait, le moment fatidique approchait de son pas de félin.

Comme il m'avait donné la vie, mes dernières pensées allaient vers mon auteur, même si le message dont il m'avait chargé m'entraînait cette fois-ci, vers une mort certaine.

J'accordais également mon pardon au pauvre homme, le poids de sa souffrance avait eu raison de la sienne. Les mots qu'il avait découverts semblaient trop forts, pour qu'il puisse admettre la réalité de sa propre existence. Si j'avais pu les modérer afin qu'ils se diluent dans le flot de ses tourments, ils auraient adouci sa peine comme un antidote qui agirait ultérieurement. Mais je ne disposais pas de ce pouvoir, et je le regrettais vraiment, je n'aurais pas eu le sentiment, d'avoir failli à ma tâche et de disparaître pour rien.

L'extrémité d'une pièce métallique vint remuer les braises à tâtons. Les gestes grossiers n'avaient pas l'assurance d'un adepte des forges de Vulcain. Je sentis contre mon flanc, la morsure du tisonnier, me traînant maladroitement pour m'éloigner des flammes. Deux petites mains me saisirent délicatement, celles d'une gamine d'environ six ans.

Je pensai sur le moment être passé dans l'autre monde. Avoir quitté le brasier de l'enfer pour les bras d'un doux ange. Mais la pièce demeurait en tout point identique, la chaleur, les odeurs, et le feu qui crépitait.

L'enfant me retourna, puis caressa ma couverture pour lui ôter les cendres. Ses yeux étincelants me fixaient de ses deux prunelles, comme un trésor que l'on rencontre, au hasard d'un vieux chemin. Elle me serra contre son cœur, m'emmena dans sa chambre, et me posa sur un bureau. Puis elle entonna une comptine avant de se mettre au lit, basculant de part et d'autre de la ligne de l'éveil, les notes ainsi que les personnages de sa chanson.

Je ne savais rien d'elle, ni son prénom, ni son âge exact. Près d'une boîte de crayon, une éphéméride affichait glorieusement la date du cinq février, assortie du traditionnel saint du jour. « Sainte Agathe. »

Voici le prénom que je voulais qu'elle porte, au regard de la couleur de ses yeux, dont les pierres précieuses constituent les homonymes, et pour le geste salvifique dont elle m'avait gratifié.

J'appris plus tard, lors d'un passage en Sicile, que cette sainte avait sauvé la ville de Catane. Selon une légende, cette femme de grande beauté avait refusé les avances d'un proconsul, pour préserver sa chasteté et se consacrer au service de Dieu. Elle finit enfermée en prison, où, torturée, elle trouva la mort. Un tremblement de terre vint ravager la ville le jour de son décès et un an après, l'Etna entra en éruption. La lave menaçant de détruire la ville, les habitants interposèrent le voile qui recouvrait la sépulture de la vierge. Le feu s'arrêta aussitôt épargnant ainsi la citadelle.

Les mythes conservent cette grande part d'imaginaire qui confère aux faits une vérité peu probable, mais je garde encore à l'esprit que cette similitude demeure assez troublante. Le destin providentiel de ces habitants, et l'acte salutaire qui m'avait préservé des flammes portaient en leurs seins l'empreinte du même prénom d'une enfant.

Ce matin-là, la petite fille se leva en chantant, sa voix douce inonda la chambre ainsi que la salle de bain durant sa toilette. Les tartines qu'elle avalait pour son petit déjeuner l'obligèrent à poursuivre sa prouesse mélodique, par l'entremise de ses cavités nasales.

La neige qui recouvrait le sol de la prairie avoisinante n'autorisait aucune sortie pour les jours venant, aussi elle allait improviser, à l'intérieur, des activités pour la journée.

Son père se levait tôt le matin, son emploi de préposé l'obligeait à quitter la maison dès l'aube pour la distribution du courrier. Sa mère ne put supporter l'isolement consécutif à la mutation de son mari dans cette région. Fatalement, elle succomba à la tentation de suivre un artiste itinérant, avec qui elle s'était accouplée pour tromper l'ennui. Les plaisirs de la chair ont parfois cette faculté in animale, de soustraire l'instinct maternel de la liste des priorités.

Agathe, puisque c'est ainsi que nous la nommons, dut se résigner à construire sa vie avec la seule présence de son père et de Senghor, le doberman qui veillait autour de la maison. Elle se dessinait un monde où l'imaginaire côtoie les gestes quotidiens, où les fées et les magiciens la protègent et la guident vers un meilleur chemin. Puisqu'aucune mère ne voulait l'accompagner jusqu'à l'âge adulte, elle grandirait d'elle-même, éloignant les mauvais esprits et les sorcières, en chantant tous les jours pour avoir un peu moins peur.

Je vis sa frimousse apparaître, finissant d'avaler sa collation matinale. En guise de moustache, l'empreinte du passage d'un lait absorbé à la hâte. Relevée sur la pointe des pieds, elle me saisit doucement, me distinguant, au-dessus de mon titre, d'une tache en forme médaille, et au goût de confiture. Elle tourna la page du calendrier afin de mettre à jour la date, et lu machinalement le contenu du feuillet.

« *À la Saint-Gaston, surveille tes bourgeons.* » Dit-elle avec la voix hésitante d'une enfant qui cherche ses mots. Ce protocole matinal ressemblait à un jeu, où la fraîcheur de l'enfance rencontre un extrait de la sagesse populaire. Ce fruit de l'expérience de plusieurs générations qui fut distillé en un adage au sens profond. Sans être anobli, ni élevé au rang d'aphorisme, il demeurait un précepte utile à une bonne conduite. Elle récitait chaque matin une maxime, chassant les éventuelles mauvaises pensées qui auraient surgi durant la nuit, purifiant l'air qui l'entourait d'un souffle nouveau, et embaumant la journée de sa tendresse divine.

« Je vais te nettoyer. » Me dit-elle. Puis elle me posa sur la petite table en bois, près du coffre en osiers où ses jouets s'entassaient pêle-mêle. Elle avait improvisé un tablier de ménagère, en une serviette de bain qu'elle enroula autour de ses hanches. Un torchon emprunté au vaisselier la couronnait, telle une coiffe.

La ouate imbibée d'eau fraîche vint glisser sur ma peau telle une caresse. Les résidus de cendre, et autres saletés disparurent dans le sillage de la douce toile.

Je vis cependant ses petites lèvres se rapprocher et s'allonger comme si le spectacle que je lui présentais suscitait en elle du dépit. La chaleur de l'âtre avait, la veille, endommagé une partie de ma couverture, et l'apparence que j'offrais révélait des teintes brunies par les flammes.

Elle attrapa sa boîte de crayons de couleur et entreprit aussitôt ma restauration. Les passages successifs des mines sur ma peau, alternaient les sensations de chatouillement et celui d'un massage relaxant. La langue pincée entre ses dents, elle s'appliquait à redonner à mon épiderme, l'éclat de sa fraicheur initiale. La difficulté résidait, à intégrer des nuances de bleu, des dégradés qui définissent le flou des changements d'espace et d'étape.

Comment passer de ce bleu égyptien à ce bleu céleste, quand on a sous la main des bleus saphir, de France ou céruléen ? Et pour ces mers du sud, l'aigue-marine demeure trop claire, et le bleu sarcelle trop sombre.

J'occupais une grande partie de sa journée, ainsi que les esprits qu'elle m'avait entièrement consacrés.

Le bruit d'une voiture et les jappements du chien mirent un terme à notre entrevue intime. Elle se leva et courut vers la porte en criant de joie : « Papa ! »

Un peu plus tard, elle vint me poser sur le bureau, où gisaient quelques bribes de pages en partie calcinées. Elle avait recueilli, parmi les cendres, les morceaux de mes frères, que les flammes n'avaient pas totalement détruits. Je rendais hommage à mes chers disparus, des années durant, les coudes serrés, nous avions partagé la même étagère. Le feu crépitait à nouveau dans la cheminée, ravivant le souvenir terrible de la veille. Cependant, mon cœur demeurait froid, l'odeur de mes défunts amis, planait encore dans la pièce.

Le lendemain Agathe sautillait avec vivacité. Le copieux déjeuner qu'elle venait engloutir n'atténua pas son énergie débordante.

« Il faut qu'à la Sainte-Eugénie, toutes semailles soient finies. » Lança-t-elle après avoir tourné la page du petit calendrier.

« Aujourd'hui, je vais te soigner ! » Me dit-elle en me saisissant délicatement. Elle avait enfilé sa panoplie d'infirmière et déposé sur la table, autant d'instruments que l'ingénue manifestait d'intentions. La secouriste en herbe alignait une paire de ciseaux, des feuilles de papier vierges, un peu de coton emprunté à l'armoire de pharmacie et un flacon sur lequel elle avait dessiné une jolie croix rouge.

Elle parcourut rapidement mes pages, jusqu'à atteindre la position de celle, que son père m'avait arrachée par désespoir.

Il est fréquent que les enfants payent pour les erreurs de leurs parents, pour Agathe j'eus le sentiment que c'était différent. Certes, la jeune fille envisageait de me rendre ma cent-soixante-cinquième feuille, mais elle avait entrepris de soigner également son père.

Elle s'activa pour atteindre son objectif journalier, elle devait par la suite, préparer ses affaires. Ils prévoyaient de partir, pour le week-end, rendre visite à sa grand-mère, je ne les reverrai donc, qu'à partir du dix février.

Elle découpa consciencieusement la feuille blanche, respectant tant bien que mal mon format d'édition, ajustant çà et là, de petits coups de ciseaux, les rebords moribonds qui menaçaient de faire défaut.

Lorsqu'elle ouvrit le flacon, dans une ambiance quasi occulte, telle une prêtresse un soir de solstice, elle dévoila son talent. De la pointe d'un pinceau, elle étala la colle sur le bord de la page, et la glissa dans mes entrailles, en maintenant la position. Puis elle me referma, me chuchotant affectueusement :

« Tu vas te reposer maintenant, quand je reviendrai, je recopierai les mots qu'il te manque. »

Elle avait eu la délicatesse, de m'installer dans un coin, sur un plan incliné. Je pouvais ainsi observer l'ensemble de la pièce, et bénéficiais d'une vue sur le jardin.

Je vous avoue que ces journées me semblèrent très longues, on s'habitue très vite à la présence d'un enfant. C'est à eux que nous aimerions transmettre, les fondamentaux et les idéaux dont on pense être les garants, mais on oublie trop souvent que ce sont eux qui nous apprennent à devenir grands.

Les poupées et autres peluches, qui habillaient les moindres recoins de la chambre, n'utilisaient, comme unique langage, que la douce étreinte d'un câlin. Dans ma position, je n'éprouvais nullement le besoin d'engager une telle forme de conversation. Dans une logique de partage des rôles, ils s'occuperaient de rassurer l'enfant, je me chargerai de l'instruire.

Je restais le dernier survivant de cette bibliothèque, le livre de cuisine avait sa place sur le buffet, tout comme l'annuaire supportait le combiné. J'affrontais donc cette solitude, près de l'éphéméride figée dans le temps.

Nos retrouvailles avec Agathe furent pour moi inoubliables. Elle était vêtue d'une tenue de fée, un cadeau confectionné par sa grand-mère. Dès son arrivée, la maison tout entière s'anima à nouveau.

Son père restait pendu au téléphone, cela faisait une heure déjà. Rien de grave, je présume, vu le timbre de cet employé de poste, et le miel qui ruisselait dans le creux de sa voix. Il avait récupéré le sourire, et ses gestes harmonieux dissimulaient l'imminence d'une nouvelle étincelle, un élan victorieux de paix, un pacte fait avec lui-même, une trêve établie avec son passé.

La jeune fille s'éleva de quelques centimètres, et vint trouver la page du jour.

« Si tu tailles en février, tu mets ton raisin dans ton panier. »

Aillant prodigué cet augure pour une excellente récolte, elle me cueillit au passage et me posa sur la table. Elle scruta mes feuillets, contrôla sa besogne, et me débarrassa de quelques points de colle. Puis, des dentelles de sa robe, elle sortit le portrait d'une très belle femme.

Elle glissa la photo, juste derrière la page blanche, et saisit son petit porte-plume, en me chuchotant :

« Je vais te dire un secret. Ma Mamie a invité la fille de sa voisine à venir prendre le thé avec nous. Elle s'appelle Aurore et quand je serai grande je voudrais être belle comme elle. Mamie m'a donné sa photo pour que je la garde avec moi. Avec mon Papa ils avaient l'air de bien s'entendre, mais tu sais, moi je l'aime bien. Mon Papa aussi, évidemment, qu'est-ce que tu t'imagines ?

Et Mamie m'a cousu une robe de fée, et j'ai même une baguette magique. Mais tu sais, je ne peux pas recopier ce qu'il y avait sur ta page, car je n'ai pas de modèle, alors j'ai décidé d'écrire la formule magique que m'a enseignée ma grand-mère. Elle m'a dit qu'avec elle je serai une vraie fée. »

Puisse la vie, sublimer ce qui déjà en toi rayonne !

Je sentis l'encre se déposer et pénétrer peu à peu mes fibres.

« Puisse la vie, sublimer ce qui déjà en toi rayonne ! Ça y est, tu es un livre magique toi aussi ! »

Ayant prononcé ces mots la petite fée pointa sa baguette vers moi en fermant les yeux. J'eus la divine sensation d'être parcouru par un fluide céleste, dont les ondes se propageaient vers toutes mes terminaisons.

L'existence dont je me contentais jusqu'alors se vit dotée tout à coup d'une conscience, puis par ricochet, du pouvoir de décision. Je ressentais chacune de mes phrases, chaque espace, chaque caractère, comme autant d'indices pour une profonde introspection. L'arabesque improvisée par la jeune fille, pour restaurer ma couverture, se dilua dans la masse comme par enchantement. Je venais sans m'en rendre compte, de modifier mon aspect.

Je voulus remercier Agathe, pour cette transformation magique, mais en regardant ses yeux, je compris que je lisais également dans ses pensées.

Elle souhaitait aider son père en lui ôtant cette souffrance. Elle avait réparé puis corrigé la page qui lui avait renversé le cœur, afin, pensait-elle, qu'il n'ait plus le mal de lire. En posant la photo, elle lui proposait pour la suite de son histoire, une option pour le bonheur, une aube à des jours prolifiques, pour la conquête de son cœur.

La nature a doté les enfants, dans leurs plus petites attentions, d'une pureté d'âme, qui défie les lois de la raison.

Je décidai donc d'afficher sur ma couverture, le portrait d'Aurore, telle une dette dont je voulus m'affranchir, auprès de l'homme et de sa fille.

« Papa ! Papa ! ça y est, je suis une magicienne ! »

Le père accouru, intrigué par l'appel de son enfant.

La formule trônait au-dessus de la belle dont il ne détachait plus le regard. Il caressa l'image tendrement, comme s'il voulait mêler les lignes de sa main à celles de mon titre, puis embrassa sa fille et reprit sa lecture. Les démons du passé l'avaient visiblement libéré. L'amour inconditionnel ainsi que la littérature regagnaient, paisiblement, le ministère de ses préférences.

Je me sentais investi de pouvoirs, car, outre le plaisir délectable d'être en mesure à mon tour de dispenser ses paroles, et de les offrir aux yeux qui viendraient parcourir mes pages, s'ajoutait le délicieux sentiment de voir mes chaînes tomber, libérant ainsi le modeste manuscrit que j'étais.

Comment quelques lettres assemblées ici-bas avaient-elles pu résonner assez fort pour réveiller ce caractère qui sommeillait en moi depuis trop longtemps ? À présent, tout me semblait possible. Presque trop facile.

Il me suffisait de puiser en moi l'énergie nécessaire, de m'ouvrir, de parcourir mes pages, lire dans mes entrailles ce que l'on avait confié à mon histoire, et de la modifier au besoin. Chaque phrase, chaque évènement, chaque récit étalé sur les feuillets déclenchait un regain de puissance, et avait, comme finalité, la base d'un nouveau fondement.

Gratifié de toutes ces attributions, j'ai fini par m'affranchir de cette condition d'allocataire.

J'écrivais désormais le contenu de mon ouvrage !

Au hasard d'une rencontre dans une bibliothèque, une page ouverte dans un recueil de pensées m'avait laissé entrevoir, l'année précédente, une phrase citant Jean Rostand qui disait que : « *Le plus précieux trésor est d'avoir mis beaucoup de souffrance derrière soi.* »

Des souffrances, j'en portais depuis toujours, celles qu'on avait rédigées sur ma peau comme on pose un fardeau, et que je devais à mon tour partager pour diluer les peines et témoigner de la douleur.

J'avais, à mon sens, assez d'expérience pour disposer de ma vie comme je le désirais. J'étais un livre certes, mais quel livre ? Libre à moi d'en décider, je choisirai ma forme, ma couleur, mes illustrations, mon titre et les idées que je souhaitais véhiculer. Le sens et la portée que je voulais propager n'émaneraient, désormais, que de ma propre ébullition.

Doré de ces prérogatives, j'entendais apporter à ceux dont la route croiserait le chemin que j'aurais emprunté, la réponse qu'ils cherchaient et dont ils n'avaient pas forcément conscience.

Me voici donc aujourd'hui exempt du joug de mon auteur, et tel un caméléon, je guette, dans tous les azimuts, non pas la proie, mais le plus nécessiteux. Aussitôt repéré, j'arbore, en guise de robe, une couverture aux couleurs familières et rassurantes, puis, la métamorphose opérant, j'affiche une parure reflétant, tel un miroir, l'âme égarée de mon sujet.

Je m'empare de ma victime en déployant l'étendue de ma langue et la ramène à la psyché afin qu'elle retrouve son chemin dans les méandres de sa méditation.

Je peux me travestir à foison et offrir à mon lecteur, au fil des chapitres, la vision de sa propre inflorescence.

Curieuse situation, de devoir transmettre à mon sujet ce qui échappe à sa pensée, mais quelle divine sensation d'être l'écho de son existence, son journal le plus intime et le guide de son voyage intérieur.

Agathe a grandi entourée par deux êtres qui s'aiment. Elle chante toujours autant, mais pour célébrer la vie, pour partager avec elle et à chaque instant, la magie de l'amour.

Son père me rendit ma liberté. Il m'expédia un matin de printemps, au hasard d'une adresse trouvée dans un bottin, déléguant au Destin le rôle qu'il souhaiterait me confier.

Je garde toujours une pensée pour ma jeune fée, et je ne sais si elle croit encore en ses facultés magiques, je suis juste persuadé que cette petite fille, a guéri son entourage avec le pouvoir de son intention, quand elle dite avec le cœur, elle devient persuasion.

Chaque homme écrit son destin et voici comment évolua le mien...

***

Chapitre 2 : L'équipage de l'Esperanza

1 : Les capitaines.

Il est des matins qui semblent les mêmes chaque jour, et où les gestes inscrits dans des rituels finissent par devenir monotones. Dans cette cabine étroite et sans hublot, Djibril avait trouvé sa place et partageait l'espace avec de menues affaires, quelques vêtements dans une armoire métallique, une trousse de toilette, un tapis de prière et quelques bibelots. Aucune photo sur le chevet, et sur les murs, on ne devinait que quelques traces de peinture sur des points de rouille, témoignage d'un entretien incomplet.

Une malle et quelques cartons entassés dans un angle renfermaient l'essentiel de ses richesses matérielles. Quelques souvenirs sans valeur, glanés au cours de ses furtives escales.

Son univers intime se résumait à cette pièce, et son univers tout court c'était l'Esperanza.

Ce cargo polyvalent de vingt mille tonnes était en phase de sénescence et ses armateurs basés à Panama envisageaient, à plus ou moins brève échéance, de le mettre au rebu. La mondialisation et sa logique de rendement imposaient un nouveau format de transport.

Trente-huit ans plus tôt, à l'âge de quatorze ans, Djibril avait rejoint la marine marchande.

La seule possession familiale consistait en un lopin de terre. Une parcelle fertile dans une vallée retirée, mais dont l'accès difficile ne permettait pas l'acheminement des récoltes. Les maigres profits réalisés ne suffisaient plus pour nourrir convenablement sa mère et ses deux sœurs, aussi ils misèrent tous leurs espoirs sur une vie à Abidjan. Des emplois occasionnels l'avaient conduit jusqu'au port et de fil en aiguille, l'appât d'un meilleur salaire l'avait dirigé vers un bateau.

Le capitaine du navire l'avait pris sous son aile, décelant en cet adolescent, une pierre qui méritait d'être polie.

Il brillait d'une intégrité sans failles, travaillait ardemment de même que sa taille et sa musculature abondante ajoutaient à sa valeur.

Au fil du temps, il avait gravi les échelons, de simple matelot, il était devenu second capitaine.

Les traversées s'éternisaient, car le cargo n'était, dans un premier temps, pas affecté à une ligne régulière, aussi, les trajectoires, dictées par la loi de l'offre et de la demande, se prolongeaient au gré des nouveaux contrats.

N'ayant jamais connu son père, Djibril avait trouvé un certain substitut paternel en son supérieur ainsi que dans l'islam. La mort du reste de sa famille dans un incendie l'avait définitivement ancré à cette religion.

Un quartier de la ville fut détruit par les flammes, qui ramenèrent à la poussière, ses sœurs et sa mère. Lors de son retour précipité, il ne put inhumer, derrière sa maison, que trois linceuls, enveloppant des cendres. Son deuil demeure encore, à ce jour incomplet. Comment pourrait-il dire adieu à une matière si volatile, quand ses esprits transportaient inlassablement les corps de ses êtres chers ?

Le chapelet qu'il égrenait régulièrement ne quittait sa main que pour retourner dans sa poche.

Le hasard permit qu'il naviguât essentiellement dans le sud de l'Atlantique du coup, lorsqu'il priait en direction de la Mecque, il regardait aussi vers sa terre natale.

L'Esperanza était devenue sa maison, l'équipage, sa seule famille, et, il ne les quittait que pour trouver un éphémère plaisir auprès des filles de ports.

Malgré une histoire fondée sur la peine, il avait développé un humour à l'épreuve de toutes les situations. Comme un défi lancé à son infortune, il savait rire de tout, surtout de lui-même. Il adorait taquiner les membres de l'équipage. Outre le capitaine bien sûr, tous lui vouaient une obéissance complète, et ce n'était ni son rang ni son physique imposant qui faisait pencher la balance en sa faveur.

Djibril était un homme bon, qui savait leur parler, les écouter et les comprendre. Il veillait sur eux comme un grand frère.

Ils le considéraient tous, comme le vrai chef à bord de ce bateau.

Reconnaissons que Piotr, le capitaine en question, avait un sérieux penchant pour la vodka.

Ce Polonais d'origine en consommait abusivement au regard des responsabilités qu'il devait assumer, et la destinée du navire et de son équipage était subordonnée à la clairvoyance de son second Ivoirien.

À la fin de la domination du bloc soviétique sur la Pologne, sa femme avait décidé de le quitter ce qui, bien entendu, lui permit d'établir des records en matière d'ingestion de ce liquide. Le matin, il s'affairait à dresser les grandes lignes en répétant sempiternellement les mêmes choses et rejoignait sa cabine pour se rafraîchir, déléguant implicitement sa tâche à Djibril.

Ce dernier comprenait la douleur de Piotr et agissait en conséquence. Il demeurait célibataire, mais ce que ressentait le capitaine ne lui était pas étranger. Tous les deux avaient constaté le départ des femmes qu'ils aimaient. De plus, aucun d'eux ne fut dans la capacité de les retenir.

Aussi Piotr s'efforçait de combler ce manque avec un peu plus de vodka. Et chaque jour, il repoussait les limites jusqu'à des degrés frôlant l'indécence.

Djibril, qui avait déjà souffert de la carence d'un père, devait également s'affranchir de la culpabilité. Son absence au jour du drame qui emporta sa mère et ses deux sœurs le harcelait dans une symphonie de remords. Alors pour conjurer le sort qui l'avait éloigné des siens, il errait depuis dans les espaces réduits de ce cargo, s'inventait une nouvelle famille et veillait sur eux comme il l'aurait souhaité pour la sienne. Il s'était créé un père de substitution à l'image d'un Dieu ou d'un ivrogne, et la charge de travail et de responsabilité qu'il s'imposait complétait le châtiment qu'il s'infligeait quotidiennement. Les nuits de ce colosse demeuraient éprouvantes, juste quelques courtes périodes de repos dans un sommeil en pointillé, et, il repartait veiller sur le pont supérieur. Il s'interdisait tout relâchement, comme pour se punir davantage. Chaque évènement anodin constituait un prétexte pour mobiliser son attention.

Aussi résistante fût-elle, la nature humaine a ses limites, et celles de Djibril finirent par être rejointes. Dans une ville d'Amérique du Sud, par un soir de grande fatigue, une fille de joie lui proposa un petit remontant.

La tempête qu'il venait d'affronter lors de la traversée avait lessivé son moral autant que son physique. Les arrêts aux ports procuraient habituellement aux hommes l'occasion de se débarrasser de leurs influx nerveux. Mais cette fois-ci, le second capitaine souffrait de carence énergétique.

Les mauvais réflexes semblent être une particularité humaine. Quand le corps et l'esprit réclament du repos, par un curieux automatisme on leur offre des stimulants.

« Juste une ligne » dit-elle, en ajustant la poudre sur la tablette du chevet. Il prit le billet roulé qui faisait office de paille et sniffa la cocaïne d'un trait.

L'état d'excitation, qui découla de cette absorption, finit de l'enfoncer dans cette illusoire croyance d'une vigueur retrouvée. Les jours avaient suivi, et, les expériences renouvelées, installèrent peu à peu l'addiction.

En plus des carences familiales, il dut supporter le manque lié à cette dépendance. L'insuffisance financière emboîta le pas à la toxicomanie, et les privations devinrent coutumières.

Il fut curieux de constater cette analogie, entre la poudre qu'il inhalait, et les cendres laissées au pays. Celles enfouies en terre d'Afrique le consumaient peu à peu, en une lente affliction muette. L'autre, plus artificielle, le ravivait un instant, lui prodiguant un plaisir éphémère. Malgré le funeste de la comparaison, le tableau que dressait cette triste scène, évoquait le besoin d'une réunion de famille.

***

2 : L'équipage

Il pouvait toutefois s'appuyer sur les compétences de ses hommes. Un équipage hétérogène, mais uni et solidaire.

Au rythme des quarts, les lieutenants assuraient la conduite et le contrôle. Les matelots, quant à eux, géraient l'ensemble des tâches dans les différents services.

Au rang d'officier radio électronicien, Amar veillait sur les équipements de navigation et de communication. Cet Algérien de trente-deux ans avait quitté son pays en compagnie de son ami Mohamed également présent sur ce bateau.

Lester était quant à lui le chef mécanicien. Originaire de Cebu, il assurait le bon fonctionnement et l'entretien de tous les appareils. Une quinzaine de matelots Philippins, comme lui, l'assistaient dans sa tâche et sur lesquels il régnait en maître. Son caractère bilieux reflétait la force tranquille qui l'habitait et malgré l'âge avancé du navire aucune avarie majeure n'avait, jusqu'alors, perturbé son bon fonctionnement.

Comme lieutenant, on trouvait également Tijil, un Sri Lankais de trente-cinq ans. Réservé et toujours souriant, il était chef de quart, rôle qu'il partageait avec Amar, Mohamed, cités précédemment et Ahmet.

Ce dernier, d'origine turque, avait, contrairement à Tijil, du mal à contenir la colère qui l'animait. Ce sombre taciturne, limitait les échanges verbaux avec ses semblables, aux simples politesses d'usage. Ce n'était pas un mauvais individu, mais les vapeurs de ses démons trouvaient parfois une faille sous le couvercle de sa raison, et, ces derniers jours, les joints semblaient beaucoup moins étanches que de coutume. Djibril, son supérieur hiérarchique, avait organisé les quarts de façon à ce que ses tours de garde se déroulent pendant que la plupart des autres dormaient, limitant ainsi les risques de frictions entre individus.

Mohamed pour sa part impressionnait pour ses bonnes compositions. Il se distinguait pour son côté complaisant, mais aussi pour son embonpoint. Il mangeait presque tout le temps, et son appétit ne s'octroyait que très peu de répit.

Lors des heures noires qu'avait connue l'Algérie, il avait fui la barbarie et la soumission. Depuis cet exil forcé, il trouvait dans les aliments, un réconfort éphémère. Mohamed compensait en mangeant, comme un nourrisson, écarté du sein maternel, s'acharnerait sur une tétine pour assouvir son besoin de succion.

Sitôt finie sa part à l'heure du repas, qu'il s'empressait de solliciter les maîtres-coqs pour les débarrasser des reliquats ! Au fil du temps, ils avaient appris à augmenter ses portions et lui réserver les restes.

Justement aux cuisines. La fine équipe se composait de deux îliens d'origines diverses et de leurs aides.

En leader, on trouvait Johann. Ce Jamaïquain de trente-sept ans œuvrait en chef d'orchestre avec une efficacité stupéfiante.

Pour des raisons évidentes d'hygiène, il devait maintenir sa longue chevelure. Lorsqu'il libérait cette dernière, sa coiffe prenait naturellement l'apparence de celle de la Gorgone. Aussi il l'avait roulée au-dessus de sa tête en l'enveloppant d'un film plastique étirable. Malgré le ridicule de l'accoutrement, rien ne dépassait sinon la toque blanche qu'il avait fixée dessus et les écouteurs sur les côtés.

Au menu ? Du reggae de l'entrée au dessert. Cette musique ne le quittait plus au point, qu'il accordait ses mouvements au rythme apathique et saccadé des mélodies jamaïcaines.

Le plus surprenant c'est qu'il ne pêchait jamais pour le retard. Chaque repas était servi à l'heure prévue, à tel point que Djibril l'avait surnommé la « locomotive ».

Cette musique lui permettait également d'atténuer les contraintes liées aux plaintes incessantes de Moindzé.

Ce jeune Comorien n'en finissait pas de râler. Du haut de ses vingt-deux ans, il commentait la plupart des informations internationales avec la fougue d'un chroniqueur sportif. Chaque évènement constituait un prétexte à un déferlement de critiques. « La faute des uns, le devoir des autres, ce qu'il aurait pu faire s'il avait eu la chance d'être à leur place. » Voici le film que se projetait notre éternel insatisfait, inondant de ses vitupérations la cuisine, le réfectoire et ses occupants.

Chacun se protégeait à sa manière. L'esquivant durant la besogne dans les sinuosités de l'ordinaire et, le reste du temps, se dérobant dans les méandres de leurs quartiers. Dans l'espace limité que propose un navire, le moral des hommes constitue le lubrifiant indispensable à la mobilité des rouages. Tout ce qui pourrait altérer le mental des troupes conduirait inévitablement à un échauffement préjudiciable.

Le fardeau de chaque membre pesait déjà assez lourd, pour que vienne s'y adjoindre celui de l'humanité.

Comment oublier son passé quand il nous est servi à chaque repas ?

***

3 : Le rire du colosse.

Dans sa grande sagesse, Djibril avait fini par déceler en chacun de ses collaborateurs la faille par laquelle suintait leur affliction. L'exiguïté du navire favorisait les rapprochements de personnes et contribuait, au fil du temps, à ce que les hommes s'épanchent davantage.

Sa sagacité lui permettait de distinguer à travers les masques de chacun, ceux qui occultaient leur vrai visage, ceux qui se protégeaient des agressions extérieures, ceux qui rendaient la vie plus belle qu'elle n'y paraît. Il se reconnaissait un peu en chacun d'eux, retrouvant derrière chaque déguisement une partie de sa propre souffrance. Dans ce jeu de miroirs et de faux-semblant, cet univers masculin où les larmes ne se dévoilent pas, il avait, au fil du temps, tissé sa toile absorbante.

Le rire constituait son atout majeur, et il en usait intelligemment. Il tenait à voir chaque membre de l'équipage au moins une fois par jour, et c'était, pour lui, l'occasion de jauger l'état émotionnel de chacun. Il en profitait pour distiller sa potion comique aux quatre coins du navire, ponctuant chaque blague d'un rire profond et résonant. L'écho simultané de l'assemblée retentissait dans les couloirs, couvrant momentanément, le bruit langoureux de la machinerie et avait l'effet d'un électrochoc. Son humour reléguait, sine die, les quelques nostalgies ou déprimes.

Tel un infirmier qui dispense ses remèdes, il arpentait le bâtiment en les visitant tous.

Un matin, alors qu'il regagnait le pont supérieur où s'affairait Amar, il remarqua que ce dernier affichait une triste mine. L'officier radio électronicien avait effectivement très peu dormi tant sa passion pour les paris en ligne ruinait ses heures de repos. Il misait sur presque tout, les chevaux, les courses de chiens, de voitures, de motos ; il avait testé tous les sports et jeux de casino où la perspective de gain l'emportait sur la crainte de se voir délesté de ses valeurs pécuniaires.

Bien sûr, des profits sporadiques alimentaient le feu de sa ludomanie, et, loin d'améliorer ses finances, le roulaient finalement dans les cendres de la déception. Il quittait son quart avec la conviction que cette fois-ci serait la bonne. Sa démarche assurée, ses yeux lumineux d'espoir, le timbre clair de sa voix, et tous ses gestes contribuaient à le rendre aussi étincelant qu'une machine à sous.

Le lendemain, il reprenait son poste avec l'amère désillusion de constater que seules les lumières de son pupitre demeuraient allumées, et, que pour ce jeu-là, le hasard n'avait aucune place.

Djibril s'approcha de lui comme chaque matin et lui serra la main. Il s'enquit des renseignements inhérents à la conduite du navire et lui glissa joliment en roulant les **R** : « je crois que tu n'as pas encore trouvé la martingale cette fois-ci », et, reprenant pour souligner, ajouta : « l'Amar Tingal ».

Il repartit en riant, laissant son lieutenant s'amuser de cette plaisanterie, et en apprécier petit à petit la véritable teneur.

Outre, l'homophonie, entre la technique illusoire, d'augmenter ses chances de gain aux jeux de hasard, et son patronyme, associé au nom d'un peuple du Sud Soudan, la martingale demeure, en termes de marine, un élément essentiel d'haubanage. Elle contribue à maintenir le mât sur le navire, et empêcher la déformation liée aux forces latérales, en l'occurrence le vent.

Amar avait saisi le sens de cette image. Mais que pouvait-il faire face aux bourrasques de son addiction ?

Certes, cette pathologie était bien présente, mais, selon lui, le jeu ne générait pas plus de difficultés que de divertissement. Quand il avait épuisé son argent dans le tourbillon de ses enjeux, il attendait sa prochaine rémunération. Il continuait à travailler, s'alimenter et dormir. Ses besoins physiologiques, à l'exception de la sexualité, étaient assouvis par la logistique du navire.

« Économiser ? Pourquoi ? Pour qui ?

Pas de femme ! Pas de maison ! Plus de pays ! »

Alors il se contentait de flotter d'un rivage à l'autre. Il fallait s'occuper, tuer le temps, et qu'importe la manière, même l'enfer du jeu valait mieux que le néant.

Une autre fois, ce fut Moindzé qui écopa d'une caricature. Alors qu'il commentait, comme à son habitude, les résultats désastreux d'une équipe de football qui concourait à la coupe d'Afrique des nations, il énumérait les joueurs et leurs défauts respectifs.

« Si j'avais été le goal, s'exclamait-il, j'aurais bloqué ce ballon. Si j'avais été l'arrière, j'aurais agi mieux que lui. À la place de ce milieu, j'aurais réussi la passe à ce moment précis et surtout si j'avais reçu la balle comme lui je n'aurais pas manqué ce but ».

Djibril spectateur lui avait juste rétorqué :

« Tu sais Moindzé, dans la vie, mieux vaut s'accepter comme on est, sinon on est comme rien (Comorien) ».

Les rires et les acclamations de l'équipage avaient élevé le second de cuisine au rang de star du ridicule, et, l'avait renvoyé aux vestiaires de ses fonctions.

Un soir, ce fut le tour du lieutenant Turc Ahmet. Du fait de sa langue d'origine, très gutturale, il avait parfois du mal à se faire comprendre, et avait recours à des propos plus imagés. L'ayant vu dessiner sur un papier l'objet qu'il voulait décrire, Djibril lui rétorqua :

« C'est une métaphore (Ahmet est fort) ».

Johann devenait, « la locomotive », Mohamed, « le trou sans faim », le chef mécanicien, Lester, était devenu « Elvis », Moindzé « le patchwork », le lieutenant Sri Lankais Tijil, « lieutenant Colombo », Ahmet « la cocotte-minute ».

Même Piotr le capitaine était surnommé, « le dragster ». Cet engin, au moteur surpuissant, est dopé aux carburants les plus volatiles et sa course, très bruyante, se résume en une ligne droite parcourue, généralement, en moins de vingt secondes.

Chacun était affublé d'un sobriquet relatif à son origine, ses aptitudes, le trait dominant de son caractère. Tous savaient en rire et réclamaient, en cas d'oubli, leur lot de plaisanteries quotidiennes.

***

4 : La vie à bord.

La vie à bord était rythmée par les tâches quotidiennes, et, loin de tout, cette communauté s'organisait pour que le séjour soit plus agréable.

Pour les obligations d'ordre professionnel, tous les membres s'affranchissaient de leur devoir avec un engagement et une régularité exemplaire. Rares étaient ceux qui franchissaient la porte de l'infirmerie, et, de mémoire d'homme, Djibril n'avait jamais dû faire face à un cas d'urgence médicale. Les passages en salle de soins se résumaient donc à de petites blessures très vite oubliées.

Lors des arrêts dans les différents ports, l'exaltation des activités de chargement et de déchargement, animait le navire et son équipage, telle une ruche les matins de printemps.

Sitôt l'ouvrage accompli, les hommes s'empressaient de parcourir les ruelles de la ville, butinant au grès des besoins de chacun, les denrées nécessaires à l'entretien du moral des troupes. Nourriture, alcools, cigarettes, drogues, sexe, chacun trouvait le Graal qu'il associait à sa recherche.

Les sinuosités de ses agglomérations portuaires sont habitées d'êtres aux pouvoirs enchanteurs. À la fois sirènes et méduses, leurs chants brouillent, en premier lieu, les systèmes de navigation. Un regard suffit pour que les instruments se déconnectent, et, pétrifiés, soient finalement capturés. Vidés de leurs signaux analogiques et numériques, ils sont ensuite relâchés, fuyant rapidement ce lieu, afin de se reconnecter à la réalité.

Depuis l'aube des temps, l'homme a dû, affronter ces dangers récurrents, même s'il sait que le combat est perdu d'avance, ces créatures sont avant tout, dotées de la faculté, de capter ses signaux de détresse.

Les matelots de l'Esperanza arpentaient les artères de cet espace urbain, déliant leurs membres engourdis par un séjour prolongé dans le milieu marin.

Puis ils regagnaient le bâtiment, chargés de leurs paquets et allégés de leurs liquidités respectives. Ils rangeaient dans les cabines les précieux nectars et retournaient à leurs activités rituelles.

Le groupe le plus important était celui des Philippins. Ils constituaient à eux seuls la majorité de l'équipage, au point qu'une salle de repos leur fut attribuée et reconvertie en karaoké.

Ils adoraient chanter et ne s'en privaient pas, rivalisant de prouesses lyriques dès que le soir tombait.

Les premières chansons étaient généralement les standards habituels, les tubes du moment. Au fil de la soirée, lorsque les vapeurs d'alcool, avaient dés inhibés les esprits, et, la fumée des cigarettes rendue les voix plus graves, le registre glissait peu à peu vers des complaintes plus intimes.

Tour à tour, ils s'abandonnaient à cette joute musicale, empruntant, à leurs idoles, les phrases qu'ils ne savaient pas dire, habillant, de ces mélodies enivrantes, l'expression de leurs profondes doléances. L'amour revenait souvent au rendez-vous de ces interprètes, et, dans cet échiquier où il oscillait, selon l'humeur, entre le noir et le blanc, les pions envaient, évidemment, les prérogatives des reines.

C'est ainsi qu'une fois Lester avait gagné son titre de noblesse. Les interprétations magistrales de « Jailhouse Rock », et de « My way », l'avaient hissé au rang de roi du rock, le digne héritier d'Elvis Presley.

Ils fumaient tous du matin au soir, mais ces soirs-là, ils inondaient la salle de leurs volutes nauséabondes. Djibril avait lancé une fois que le volcan Mayon allait entrer en éruption, et les cris d'allégresse avaient jailli au milieu de ce magma bruyant.

À la fin, les airs traditionnels remplaçaient les sons électroniques de la machine. Alors, comme pour se recueillir, le silence revenait pour mieux entendre les Matud Nila. Une guitare à la main, le chanteur captait l'attention de l'auditoire. À la manière d'un blues qui relate les tristesses et les déboires, ou d'un fado aux thèmes mélancoliques, il déversait son flot d'accords mineurs et les ramenait à leur patrie, le temps d'une chanson.

Ils regagnaient ensuite leurs cabines, s'en remettant à Dieu pour le choix de leur dessein, et cuvaient leur vin jusqu'au petit matin.

Bien que, faute d'aumônier, aucun office ne soit tenu à bord, la dévotion occupait une part importante de leur existence. Aussi les croix et autres articles religieux s'affichaient sur les torses et les murs des cabines, telles des ancres lestant les âmes de peur qu'elles ne dérivent.

Au registre des spirituels, Amar, Djibril et Mohamed bénéficiaient d'un régime alimentaire qui proscrit la consommation de porc, mais accommodaient à leurs manières les préceptes de l'islam.

Le premier, comme nous l'avons vu, s'abandonnait au plaisir des jeux d'argent et à la spéculation. Au plus haut de ses tribulations financières, il se rinçait d'une gorgée de son Sunset rhum, cet alcool presque pur qui lui déglaçait l'œsophage. Il lavait ainsi, les sucs d'une mauvaise digestion. De spirituel à spiritueux, il ne réside qu'un filament, et même si les deux procurent l'ivresse, la différence lumineuse se distingue à la fin.

Le second recherchait inlassablement un soupçon de jouvence dans la blancheur de la poudre qu'il inhalait, quand ses heures devenaient sombres. Elle le suspendait au nuage de son espoir et stimulait ses membres comme une marionnette s'anime sous l'impulsion de la croix d'attelle. L'illusion de la vie ne durait, bien évidemment, que le temps de l'euphorie narcotique.

Le dernier n'aurait pu en aucune manière supporter les privations qu'impose le jeûne pendant le mois du ramadan, aussi il s'était affranchi de ce dogme sans aucune hésitation.

Les mouvements qui relevaient des cinq prières obligatoires auraient pu constituer une base d'exercices quotidiens. Mais les coutures de ses uniformes menaçaient un peu plus chaque jour de dévoiler la véritable nature de son statut existentiel. Il éprouvait d'énormes difficultés à s'agenouiller et se courber, sans mettre en péril la solidité de ses jointures. Alors il avait opté pour l'abstinence, et banni de ses habitudes, tout effort superflu, pouvant nuire à son intégrité physique.

Ses veilles étaient consacrées au visionnage de films d'action (bizarre). Ou il écoutait de la musique orientale en consommant abondamment du thé à la menthe. Selon certaines études, ce breuvage favoriserait la perte de poids, alors il en buvait un litre par soir agrémenté de cacahuètes, noix de cajou, pistaches et diverses graines oléagineuses.

Outre les sursauts et exclamations au moment des scènes critiques, il grignotait sans cesse, tel un écureuil avant l'hibernation.

La science a sûrement des vertus bénéfiques, mais on revient naturellement vers les convictions qui affirment, que pour soigner un mal dont on souffre, la solution consiste à le combattre avec ses propres sources.

Ahmet et Moindzé ne s'accrochaient plus à aucune croyance. L'un avait renié celle de ses parents en quittant la Turquie. L'autre n'avait pu choisir entre l'islam de sa mère et le Jéhovah de son père. Le fil sur lequel il se tenait et évoluait tel un équilibriste tremblait quelques fois, mais n'avait, jusqu'alors, pas eu raison de l'insouciance de sa jeunesse.

Ses guides spirituels, c'était les stars en tout genre. Les sportifs, rappeurs, acteurs et autres people, jalonnaient son parcours existentiel. Il s'imprégnait de leurs moindres faits et gestes, au point d'en adopter les attitudes, dans un mimétisme grotesque.

Ses tenues variaient selon les apparences de ses idoles, mais quand on souhaite correspondre à autant de modèles, on ne ressemble plus à rien. Alors il composait la partition de sa vie, en se greffant des morceaux d'identité, téléchargeant, ici et là, une partie de leurs destins, et formant, par addition, un bouleversant patchwork humain.

Pour trouver son chemin, l'homme a, depuis toujours, eu recours à la lecture des constellations. Lorsque la lumière du jour lui fait défaut, ou qu'aucun repère identifiable ne lui permet d'établir le point sur sa position, il avance tel, un aveugle, ou, au mieux, un mal voyant.

Pour Johann, le Dieu c'était Jah, et il faisait partie de toutes ses compositions. Il logeait dans presque toutes les chansons qu'il partageait dans ses moments de haute spiritualité lyrique.

Il était de ces hommes qui parlent peu, en tout cas pas pour ne rien dire. Sa voix grave et mélodieuse inspirait le calme et la réflexion. Elle modifiait peu à peu l'horloge biologique de ses auditeurs, et les entraînait tranquillement vers l'imaginaire de ce doux rêveur.

Lors d'une soirée où il endossait le rôle de conteur, il absorba l'attention de son auditoire, au point que même Tijil, se trouvant au poste de commande, avait par mégarde, modifié la trajectoire du navire.

Les sons, selon les fréquences, peuvent être perçus à de longues distances.

Il entretenait sa singularité intellectuelle au même titre que les plants de chanvre Indien qu'il arrosait lorsque les faveurs de la météo lui étaient contraires. Le cannabis constituait, pour notre chef cuisinier, le condiment essentiel pour accommoder le bouillon de sa culture. Comme il appréciait son côté écologique, il en consommait sans modération. Lorsqu'en fin de journée, l'écume débordait de son psychique récipient, il submergeait l'assistance d'un « *Could you be loved, and be loved* », un des nombreux hymnes à l'amour Jamaïquains.

Ils étaient tous conscients de cette accoutumance, mais qui aurait pu le blâmer ? Il assurait, chaque jour, et, convenablement, sa tâche. Même si la cuisine manquait quelquefois de variété, l'ensemble des plats demeuraient comestibles.

Comme eux, il auréolait son existence d'une couronne d'épines, et, comme eux, il transportait, tel un escargot, son propre camp de concentration. Chacun distinguait en son alter ego, la vérité qu'il s'efforçait de se dissimuler.

Il est des reflets qui éclairent les zones où l'ombre demeure habituellement. D'autres éblouissent et troublent la vue plus longuement.

On devine aisément les problèmes de nos semblables, mais on admet rarement qu'ils sont également nos propres démons.

Alors Johann fumait hors des cuisines, rejetant vers les cieux les vapeurs de son émanation, et couvrait son horizon d'une épaisse brume, telle la locomotive que Djibril avait vue en lui.

Dans un domaine différent, Ahmet défoulait son énergie dans une salle, où, généralement, lui seul avait accès vu que les autres membres de l'équipage, ne partageaient pas cette discipline.

Un banc de musculation, des poulies de traction, des haltères, une barre fixée artisanalement dans l'encadrement de la porte, des posters de bodybuilders donnaient à cette pièce un aperçu de sa fonction principale.

Ahmet était un homme de taille moyenne, au système pileux très développé, et sa synophridie conférait, à son regard sombre, une profondeur inquiétante.

Comme nous l'avons vu précédemment, ses tendances à l'emportement avaient conduit son supérieur à lui réserver les quarts de nuit, ce qui lui laissait, une fois son repos terminé, assez de temps pour se consacrer à sa passion. Les autres travaillaient pendant qu'il s'enfermait dans cet espace confiné, ce réduit dans lequel il s'évertuait à augmenter la taille de ses muscles. Modeler son corps constituait une priorité aussi évidente que son esprit semblait figé.

Les boissons et compléments nutritifs, riches en glucides et protéines, établissaient la base de son alimentation. Il mesurait sans cesse la périphérie de ses biceps, auscultait tous les recoins de son relief abdominal. Contrôlant les entrées et sorties au gramme près, il surveillait son corps avec le zèle d'un douanier. Les moindres traces suspectes de cellulite et aussitôt il agitait la fonte dans la longitude des mouvements prescrits dans son manuel.

Ce dernier constituait son registre de bord, son livre de chevet, son journal intime, son seul ami en sorte. Il plongeait constamment son regard à l'intérieur, notant toutes les indications préconisées par ce guide. Il le prenait partout, ainsi qu'une paire d'haltères pour les travaux pratiques.

En dehors de son uniforme de fonction, sa tenue habituelle se résumait en un short et un débardeur très fin, mettant en évidence le galbe de sa masse musculaire. Chaque miroir, chaque reflet dans une vitre, faisait l'objet d'une halte, et, donnait lieu à une suite de contorsions. Au besoin, de l'huile de posing était appliquée sur sa peau bronzée pour protéger son capital musculaire, et il brillait à nouveau comme un lingot d'or.

Ses perspectives étaient, du soir au matin, réduites à l'horizon sombre de l'océan, et de l'aube au crépuscule, aux murs éclairés par la lumière artificielle des cabines. Il confiait dans la salle des commandes, sa destiné au radar et autres aides à la navigation, et trouvait dans son manifeste, sa ligne de conduite journalière.

Lorsqu'il assurait son service, il agitait inlassablement les bras alourdis de ses poids, ce, qui lui conférait l'apparence ridicule d'un pélican prenant son envol. Mais l'oiseau restait immobile, aussi, il augmentait la cadence et l'amplitude de ses mouvements, ponctués de souffles courts et sonores, jusqu'à laisser dans son orgasme final, échapper un râle profond. C'est ainsi qu'il avait hérité du surnom de cocotte-minute.

N'oublions pas les deux plus discrets de l'équipage. L'un de par sa fonction et l'autre son humilité.

Le capitaine Piotr consacrait la première demi-heure de chaque journée à rappeler à tous, les éternelles consignes, les mêmes phrases, les rengaines identiques, ennoblissant son oraison d'une tournure théâtrale et la ponctuant de quelques hoquets inopportuns. Tous profitaient des émanations de ses reflux acides et malodorants, et tous s'inquiétaient un peu plus chaque jour de voir le blanc de ses yeux virer au jaune.

Le « dragster », ce sobriquet dont l'avait affublé son second, tenait également du vacarme qu'il produisait. Chacun appréciait la quiétude après son passage furtif.

Ayant vaporisé la timonerie de sa hiérarchique position, il regagnait sa cabine d'une démarche vacillante.

Il y demeurait le reste du temps, Djibril lui apportait les repas, et, revenait les prendre un peu plus tard. Les plats étaient juste entamés, alimentant un peu plus, les omineux présages.

Les flacons vides passaient généralement par-dessus bord. Telles des bouteilles que l'on jette à la mer, mais qui ne portent aucun message. Son poids diminuait peu à peu, laissant se dessiner son relief osseux. Sa seule préoccupation consistait à ne pas manquer d'alcool, et son second endossait la charge de l'approvisionnement. Il ne supportait surtout pas qu'on lui demande d'arrêter de boire, même s'il semblait avoir perdu sa soif de vivre.

Si pour Francis Bacon « *L'espoir est un bon petit déjeuner, mais c'est un méchant souper* », que dire à celui qui ne veut plus s'alimenter ?

Pour incarner l'optimisme sur ce bateau, il demeurait Tijil.

Ce frêle Sri Lankais au sourire inexpugnable brillait par sa discrétion et son efficacité. Rien ne le décourageait, ni les éléments ni les hommes, au point qu'il était devenu indispensable à tous, même à Djibril.

Ce dernier l'appelait le « lieutenant Colombo » au regard de ses origines bien sûr, mais surtout pour cette incroyable énergie et patience, dont il usait pour venir à bout de ses investigations. Contrairement au policier, il n'était pas du tout vindicatif. À croire qu'il pouvait se contenter de rien.

Insatiable chercheur, il s'évertuait à résoudre les problèmes les uns après les autres. C'était finalement, surtout pour les autres, qu'il se démenait le plus. Il était facile de lui déléguer la résolution des équations quotidiennes, car, il parvenait, toujours à identifier l'inconnue. Autre trait significatif, c'est qu'il ne savait pas dire non. Alors quand on ne sait pas mettre un terme aux requêtes de chacun, on finit très vite par être submergé, et en oublier les siennes.

Il tenait constamment dans une de ses mains, une balle de golf qu'il roulait contre sa paume. Il avait auparavant utilisé des alvéoles remplis de caoutchouc. Certes, ils constituaient un confortable antistress, mais l'utilisation prolongée avait révélé leur caractère fragile. Alors il avait testé la petite sphère rigide et l'avait finalement adoptée, car elle demeurait incompressible.

Très peu loquace, il observait longuement chaque problème, notant les détails avec une perspicacité déconcertante.

Il se réfugiait enfin dans ses quartiers où brûlait constamment de l'encens. Bercé de mantras hindous, il adoptait, en fermant les yeux, la position du lotus. Il se figeait pour se reconnecter à la source, puisant dans la méditation, la quiétude et la force qu'exigeait son quotidien. Il restait ainsi durant des heures, posé sur le socle de son tapis, comme un périphérique pour une mise à jour ou une sauvegarde.

Ainsi voguait sur l'océan, ce groupe hétéroclite d'âmes à la dérive, gardant le cap coûte que coûte. Au large du Ghana, ils venaient de franchir le méridien de Greenwich et se dirigeaient doucement vers le Sénégal.

Djibril protégeait de son mieux l'intégrité morale de ces hommes, mais luttait lui aussi contre ses démons. Il arpentait les couloirs de cette geôle, dont les issues demeuraient incertaines, humant de ses larges narines, de l'encens à l'odeur du tabac, du cannabis au thé à la menthe, de l'huile de posing aux vapeurs d'alcool, l'étendue olfactive de leur condition morale.

***

Chapitre 3 : Vers Dakar

1 : Les problèmes financiers de Djibril.

Chaque fin de mois, il régnait au sein de cette petite communauté, la même effervescence que dans une coupe de champagne. Les salaires allaient être versés, aussi, comme de fines bulles, les projets fusaient par centaines. Ils voguaient vers le port de Dakar, et une multitude d'idées jaillissaient de leurs esprits ranimés.

Pour les Philippins, la question était déjà réglée.

Leurs femmes, les Pinays, tenaient les cordons de la bourse, aussi leurs rémunérations devaient, impérativement, figurer sur le compte familial, auquel elles seules avaient accès, cela va de soi. Les reines avaient décidé, les pions devaient donc s'exécuter.

Elles géraient au mieux les besoins domestiques, et, reversaient à leurs maris le minimum vital par le biais de mandats cash.

Aussi ils récupéraient leurs quotes-parts, au port et détenaient, normalement, juste assez de richesse pour se doter de cigarettes, et, acheter les cadeaux qu'elles avaient commandés.

Reconnaissons que le Philippin dépense énormément, et, qu'il ne sait pas boire avec mesure, mais avant tout, c'est que sa femme fait preuve d'une jalousie extrême. Les quais regorgent de sirènes de seconde main, alors elle planifiait le paiement de ses frais avec rigueur et parcimonie. Elle le ravitaillait à chaque étape de sa course, le gratifiant d'un dividende pour ses actions accomplies.

Il possédait juste assez de liquidités pour s'enfumer jusqu'à l'escale suivante, emportant avec lui les offrandes pour sa femme ; n'oublions, surtout pas, les obligations fiscales !

Jusqu'au prochain port, il aura tout le loisir, en chantant, de se lamenter sur son sort. La question du sexe, pour les Philippins, était réglée comme du papier à musique.

A l'occasion de son retour, au pays, il pourra rencontrer l'enfant qu'ils avaient conçu la fois d'avant, et pour resserrer les liens de l'union, remettre le couvert pour agrandir la famille d'autant.

De même pour Tijil, seulement le problème pour lui, c'était sa mère.

Il avait trois sœurs à marier donc trois dots à honorer.

Unique homme de cette famille, il pourvoyait aux besoins de celle-ci avec la résignation qui le caractérisait.

La dette que sa maman avait dû contracter, pour constituer les trousseaux de ses tendrons, et offrir l'argent aux belles familles, pour l'accueil de ses progénitures, s'allongeait selon les humeurs des belles-mères. Elles menaçaient de rompre les unions de leurs fils avec ces misérables épouses, si leur famille ne prouvait pas l'amour de leur fille, en offrant de réguliers cadeaux. Qui de ce scooter ou de ce nouveau téléviseur allait calmer les appétits de ces Thénardières ?

Pauvre Tijil ! Et c'est peu dire. Il avait reçu en héritage, le soutien inconditionnel de sa famille, mais il devait alimenter, également, des périphériques parentaux, de plus en plus gourmands en énergie.

On comprend aisément pourquoi, il lui paraissait plus facile, de résoudre les problèmes des autres, le sien devenait insolvable. Dans cette équation à plusieurs inconnues, façon de parler bien sûr, plus il tentait de sauver le mariage de ses sœurs, et plus il retardait l'éventualité de s'accoupler à son tour. Il se discriminait, du coup, du rang de futur père, une chance probablement, il n'aurait pu avoir que des filles, mais également de celui de candidat au mariage. On ne rencontre pas de femmes au milieu des océans, surtout si on est réservé, et très endetté.

Alors il entretenait une attitude zen, et, du haut de sa forme longiligne, il allumait son plus beau sourire, et se consumait lui aussi à sa manière.

L'encens possède soi-disant des vertus purificatrices, mais il reste avant tout une offrande et un sacrifice faits aux dieux.

Dans le sous-continent indien où mieux vaut avoir la chance de naître garçon, il était le seul célibataire à devoir supporter trois belles-mères. Et quand il aurait dû recevoir une dot, il en payait trois.

Mais n'est-ce pas justement le lieutenant Columbo qui parle d'une femme que personne ne voit jamais ?

Pour les autres membres de l'équipage, le problème paraissait moindre.

Outre les frais liés aux soins hygiéniques qu'ils déléguaient aux filles du port, sauf pour Tijil et les Philippins comme nous venons de le voir, l'afflux de liquidités était concentré sur l'achat de produits indispensables au confort de chacun.

Pour Amar ? Il demeurait à bord, ses dépenses se réalisaient en ligne. Et même si aucune femme ne réclamait d'entretien, il ne lui restait pratiquement plus rien.

Pour Ahmet, un stock d'huile, boissons énergétiques et désaltérantes, des protéines et les dernières revues consacrées au culturisme. Et puis il exploitait la largeur de ces vitrines pour se contempler entièrement.

Pour Johann, quelques achats, de la musique, du tabac et de l'engrais pour ses plantes. Il profitait de l'occasion pour revêtir ses plus beaux habits. Des chaussures Clark, un débardeur en résille, casquette et t-shirt en général assez bariolés. Il se distinguait assez facilement, cheveux au vent, un arc-en-ciel de couleurs très vives et des nuages de fumée.

Pour Moindzé, beaucoup de vêtements, beaucoup de CDs, et beaucoup de magazines people. Lui aussi on le remarquait de loin, accoutré d'habits étincelants, il brillait, comme s'il évoluait sur scène, provocant lors de son passage, une traînée de rires et de railleries. Les habitués du port le reconnaissaient, vu qu'il revenait régulièrement, un jour l'un d'eux le surnomma, le fils de la comète de Halley.

Pour Mohamed, la liste devenait plus longue, vous le devinez. Il devait se procurer de la musique, des films, tout un assortiment de graines et biscuits, du thé, de la menthe, et des vêtements, ses derniers étaient évidemment de plus en plus serrés. Fidèle à son habitude et partisan du moindre effort, il se déplaçait en taxi et engageait des porteurs pour ses paquets.

Mais pour Djibril, désormais la situation se compliquait. Son addiction le laissait pratiquement sans le sou.

Comme d'habitude, il devrait reconstituer le stock d'alcool pour répondre à la demande de Piotr, et lorsque la totalité des bouteilles avait trouvé leur place dans le navire, il devait tenter de recomposer le sien. Les frais liés à cette accoutumance grossissaient à mesure qu'elle devenait indispensable. C'est bien connu, au jeu de l'offre et de la demande, les nantis sont ceux qui ne manquent pas d'argent, et ceux qui détiennent les produits les plus recherchés. Vous comprenez bien qu'il s'éloignait rapidement de ces deux extrémités.

Bien sûr, il comptait, parmi ses contacts, d'excellents fournisseurs, mais aussi bons soient-ils, ils n'en demeuraient pas moins des mécènes. Ils lui firent comprendre que même avec un physique de colosse, il ne boxait plus dans cette catégorie.

L'accoutumance avait eu raison de ses économies, et, comme un huissier, elle sonnait toujours à sa porte. Elle le harcelait tous les jours, réclamant son dû à l'aube, voulait être servie la première, avant même le déjeuner. Tel un homme de loi, elle lui avait appris au fil du temps, à mettre de côté les besoins non inhérents à sa dette. Si, pour honorer cette dernière, il augmentait la durée de remboursement, elle gonflerait, majorée des frais d'étude, de recherche, d'actes, dans la limite bien sûr, du plafond de l'usure.

L'homme a depuis l'aube de la civilisation, sélectionné des plantes, pour ne garder que les meilleures. Il assura ainsi, au fil des millénaires, la survie de l'espèce humaine. Il semblerait que la dernière génération de cette branche végétale soit dotée d'une forme évoluée d'intelligence, et qu'elle envisage de mettre un terme au règne de l'homme. Je la soupçonne de pouvoir, tout en nous détruisant, nous persuader qu'elle demeure vitale.

Les deux hauts gradés de l'Esperanza avaient perdu l'appétit. L'un n'acceptait plus que certaines denrées liquides, l'autre une matière déshydratée qu'il absorbait par le nez.

Je vous disais qu'il savait rire également de lui-même, en dépit du fait que ce fut, cette fois-ci, pour se punir. Il chanta un soir dans sa cabine, *"je suis un gars de la narine,"* j'admets que cet humour pouvait paraître un peu trop noir.

S'il semblait évident que le capitaine avait construit sa cellule et refusait de la quitter, son second ne s'en trouvait pas mieux loti.

Qu'importe leurs tournures dans cette prison, ils demeuraient le dos au mur, sans aucun horizon.

***

2 : Le contrat.

Si les sirènes avaient jusqu'alors, attiré Djibril sur la pente déjà glissante de son addiction, elles le poussèrent, cette fois-ci vers un versant bien moins légitime.

De tout temps, l'homme a trouvé, pour échapper à Charybde, les bras accueillants de Scylla.

Par l'entremise d'un revendeur, qui, je le précise, ne voulait que son bien, il avait rencontré lors de son dernier passage dans le port sénégalais, un citoyen, œuvrant dans l'humanitaire. Pas de nom bien sûr, la notoriété vous le comprenez, ne constituait, en aucune manière, sa vocation première.

Un rendez-vous discret fut organisé, loin de toute agitation, une ruelle mal éclairée, après la tombée de la nuit.

Un visage fin, une tête rivée dans le creux de ses épaules, des yeux sibyllins, qui, au moindre mouvement, scrutaient les alentours, et des mains enfouies profondément dans ses poches, signe qu'à Dakar, il ne fait pas si chaud qu'on le prétend.

Il était question de plusieurs villages, où, malgré une terre fertile, la vie n'augurait pour ses habitants, qu'une existence futile.

Djibril dans toute sa grandeur, et, de par sa position, pouvait adoucir leur malheur, moyennant, cela va de soi, une rétribution.

Soulager leurs fardeaux, en prenant part au voyage, ils quitteraient les corbeaux pour goûter au fromage.

Tel fût, le triste tableau que lui avait dépeint ce sémillant homme de cœur, insistant sur le fait qu'ils agissaient avant tout, pour leurs valeurs. Depuis son plus jeune âge, il s'occupait de charité, cette vertu n'avait, donc, plus aucun secret pour lui, et sa réussite résultait de sa disposition naturelle à rester extrêmement ordonné.

Le second capitaine s'apprêtait à endosser une responsabilité supplémentaire.

Certes, il se destinait à devenir passeur, car c'est bien de cela qu'il s'agissait, mais les sentiers de la vie l'avaient conduit vers des sinuosités telles, qu'il devait, pour se dégager, emprunter un chemin de traverse.

Vingt personnes de plus sur ce bateau n'affecteraient en rien sa ligne de flottaison. Il se rassurait, se répétant qu'il agissait pour le bien de tous. Ils payaient, certes, mais leur avenir deviendrait bien meilleur. Il veillera sur eux, comme il s'y employait habituellement, aucune crainte à ce sujet, il les traitera bien.

Les valeurs dont ces passagers allaient devoir se débarrasser, amélioreraient d'autant leurs conditions, et, bien entendu la sienne. À ce propos, la plus grande vertu revient à l'humanitaire, même si son humilité dissimule son cœur derrière son portefeuille.

L'équipage ne dirait rien. Lorsqu'ils avaient mal, le chef se démenait pour eux, aussi quand la douleur se concentre sur la tête, les mains l'entourent aussitôt d'un halo digital.

Ce navire ressemblait à un vieux coffre-fort, trop massif, pour se déplacer aisément, et recelant quantité de valeurs oubliées. Les grincements qu'il émettait lors de la manœuvre d'accostage préfiguraient la lourdeur de la tâche à accomplir pour débloquer les mécanismes de sécurité de cette chambre forte. Chaque membre de cet équipage, demeurait enfermé dans sa propre cage, et plutôt que de chercher à en sortir, préférait verrouiller à double tour.

J'allais devoir intervenir bientôt, car, une fois le chargement de marchandises effectué, les achats réalisés et le ravitaillement opérés, le paquebot quitterait le port en direction, pour une première fois, de Porto Rico.

Le rendez-vous était fixé sur le quai, cette nuit.

***

3 : Sur le quai.

La nuit était tombée depuis bien longtemps maintenant, et, l'activité du port limitée seulement à de la surveillance autour des aires de stockage. À une centaine de mètres, les vigiles parlaient entre eux pour tuer le temps, et éclataient de rire en guise de ponctuation.

Le bruit des vagues contre le béton, amplifié par la coque du cargo, créait une couverture sonore susceptible de dissimuler d'éventuelles agitations suspectes.

Le second capitaine connaissait très bien cet endroit pour y être venu très souvent, mais ce soir l'ambiance dégageait une odeur particulière. C'était une première pour cet homme irréprochable.

Il n'avait pas peur d'être contrôlé, au vu de l'intégrité dont il avait fait preuve jusqu'ici, personne n'émettait le moindre doute à son sujet.

L'inquiétude qui l'habitait entamait plutôt son ordre moral.

Chacune des personnes qui embarqueraient cette nuit devrait s'acquitter, auprès de lui et du rabatteur humaniste, d'une très importante somme d'argent.

Plusieurs années furent nécessaires pour réaliser cette souscription, des emprunts mobilisant le village tout entier, et condamnant leurs descendants à honorer cette dette. Un seul parmi eux partait, mais endossait la responsabilité d'une vie meilleure pour tous, le devoir de réussite porté par l'espérance de toute une communauté.

Il devenait le billet de loterie sur lequel ils misaient tous, et qu'ils serraient contre leurs cœurs, qu'ils embrassaient en lui insufflant tous leurs espoirs et leurs attentes.

Djibril ne pouvait rester insensible, car son histoire le rattrapait. Il avait quitté Abidjan pour offrir à ses proches la sécurité alimentaire. Il fut jadis le flambeau d'une famille entière, ce soir c'était vingt étendards qui partaient à la guerre.

Tous ces sacrifices, pour les mettre sur de bons rails, et lui permettre également de sniffer le sien, le tourmentaient d'autant que l'heure du rendez-vous approchait.

Le cri lointain d'une mouette le ramena à son enfance. De nombreux souvenirs s'invitèrent soudain, comme les larmes escortent une vive émotion. Les jeux, les éclats de rire et les milliers de projets, qu'il brandissait quand la vie semblait trop dure, pour cet adulte improvisé. Il entendait les voix de ses plus jeunes sœurs, Zaynab et Sarah, formuler leurs ambitions d'enfant. L'une voulait être infirmière, ou docteur, ou même ambulancière, à partir du moment où elle sauvait quelqu'un. La seconde rêvait de voler comme un oiseau, et de parcourir l'univers des hommes, et de l'observer sous un œil nouveau, tout en gardant les pieds sur terre. Passionnée d'ornithologie, elle récitait, par cœur, tout un tas de noms d'oiseaux, avec une préférence cependant, pour ceux que l'on dit migrateurs.

« Les pauvres, affirmait-elle, ils doivent parcourir des milliers de kilomètres, afin de pouvoir manger, et avoir moins froid. Pour satisfaire les besoins fondamentaux, que procurent la nourriture et la sécurité, ils bravent tous les dangers, en un instinct de survie.

S'ils partent, c'est qu'ils y sont obligés, je n'ai pas, à ma connaissance, eu vent qu'un arbre ait volontairement quitté sa forêt. Quand il le réalise, c'est qu'on a décidé pour lui de le reconditionner, et le transformer pour un nouvel usage. Meubles, bois de charpente, palettes, allumettes ou pâte à papier, autant de besoins fondamentaux que l'être humain a su se créer.

Ils deviennent la cible des chasseurs, braconniers et autres prédateurs de tous genres, autant de pièges dressés sur leurs parcours.

Certains théoriciens, cherchent parfois à leur attribuer l'étiquette de nuisible, à déceler en eux de mauvaises intentions, alors qu'ils ne sont animés d'aucun esprit de conquête. Je pense qu'ils confondent probablement, avec, Hitler, Staline, ou bien Napoléon. »

Je devinais, derrière moi, le pas léger des jeunes candidats. Je m'étais installé, bien en évidence, sur le rebord d'une caisse en bois. Chacun devrait s'arrêter à cet endroit, pour se dissimuler le temps de reprendre son souffle.

Le premier fut l'homme de cœur cité précédemment, venu guider, bénir et collecter l'argent pour les pauvres. Ho pardon ! Des pauvres.

C'est une première pour moi aussi, ma première véritable aventure, alors le modeste manuscrit que je suis, risque de bafouiller par moment. Je m'étais habitué au confort douillet des chambres ou des salons, me réveillant souvent entre les bras d'une belle, que j'avais épuisée, lui offrant tout mon être, durant cette longue nuit où elle ne voyait plus que moi.

J'avais choisi de devenir pour le début de ce voyage, un livre où figurait un bateau, cela tombait bien.

Je n'eus pas l'impression d'avoir intéressé le saint homme, vous pensez bien qu'il était bien trop occupé pour bouquiner, et, que ce n'était sûrement pas ce genre de papier qui le motivait. On ne peut, tout de même pas, obliger quelqu'un à lire, lorsque l'intégralité de ses pensées, va directement vers sa tirelire.

Ses mains eurent du mal à sortir de sa poche, pourtant il ne faisait pas si froid, mais il réalisa, malgré lui, l'effort immense, et tendit sa part à Djibril. Ce dernier s'empara de la coquette somme, non sans aucune difficulté. Une légère brise venait de se lever et les doigts de l'humaniste refusaient de lâcher l'argent. Ces doigts demeuraient-ils crispés par le froid, ou juste la peur de voir les billets s'envoler ?

Je me suis souvenu tout d'un coup d'une citation de l'humaniste Gandhi (ce n'est pas le même) qui disait : « *Il y a assez de tout dans le monde pour satisfaire aux besoins de l'homme, mais pas assez pour assouvir son avidité.* »

En revanche, je remportais plus de succès auprès d'Abedi.

Pendant que les tractations s'opéraient entre les deux récipiendaires, l'image d'un yacht de luxe sur ma couverture capta le regard de ce jeune Sénégalais. Ses yeux avaient brillé dans la pénombre, scintillants à la vue de ce joyau.

« Nous risquons de nous ennuyer durant le voyage, voici de quoi occuper nos esprits. » Pensa-t-il.

Il me saisit et me glissa à l'intérieur de sa gabardine. Je sentis son cœur résonner tel un tambour qui annonce le départ. Sa respiration silencieuse soulevait l'écorce de son torse musclé.

J'imaginais, aussitôt, les déchaînements autour du feu de son village. Les rythmes endiablés, qui vous emportent, notamment lors des danses traditionnelles. Le jeune homme appartenait à la nation des Diolas, une ethnie, en partie sénégalaise, principalement basée dans la Casamance. Ce peuple du littoral, fier et rebelle, à la fois guerrier et pacifique est surtout réputé pour son hostilité à l'envahisseur.

Abedi avait quitté hâtivement son village, juste avant le traditionnel Boukout, ce rite initiatique qui prépare les adolescents, à prendre leur place dans la société des adultes. S'il avait pu y participer, il aurait été rasé, éduqué, puis aurait reçu l'enseignement des sages, comme le voulait la tradition. À l'issue d'un séjour, plus ou moins prolongé, il aurait quitté le bois sacré, dernière étape de ce rituel et mettant un terme à son initiation.

Le temps d'attente traînait en longueur, il pouvait se passer vingt ans entre deux cérémonies. S'il ne participait pas à cette session, rien n'affirmait qu'Abedi puisse un jour y assister. Il reconnaissait qu'il avait raté le coche, mais il avait dû se décider rapidement. L'humaniste s'était présenté, trois jours auparavant, lui indiquant que son jour arrivait, celui qu'il attendait depuis si longtemps.

Aucun doute ne vint déformer sa perspective d'expédition, opter entre, basculer dans l'âge adulte, ou commencer une nouvelle vie, son choix fut évidemment vite réalisé.

La main de Djibril annonçait le départ imminent, alors il releva sa capuche, ramassa un peu de terre qu'il mit dans sa poche, et au signal, dans un sursaut organique, se précipita vers la passerelle.

Les autres aspirants lui emboîtèrent le pas, et s'engouffrèrent dans l'antre du vaisseau.

Alem, le dernier d'entre eux, marqua un temps d'hésitation, médusé un instant par l'idée de confier son destin à ce radeau métallique.

Il avait toujours eu peur de l'eau, depuis sa plus tendre enfance, mais les circonstances se présentaient de telle façon qu'il devait se résigner à embarquer.

Dans un balayage périphérique du regard, le second capitaine s'assura qu'aucun soupçon ne fut éveillé. Il prit congé de l'humaniste, cette grandeur d'âme qui se félicitait pour ce bon résultat, et regagna le pont, les poches pleines, le pas léger et l'esprit plus serein.

Au petit matin, ils quitteront lentement le port, croiseront l'île de Gorée, célèbre pour son mémorial, mais, surtout pour sa plage des amoureux, et vogueront vers des eaux plus profondes.

L'obole fut versée au nocher, Charon pouvait désormais conduire les âmes en peine.

***

Chapitre 4: Vers Porto Rico

1: Abedi.

La consigne prévoyait de répartir les nouveaux passagers dans les cabines vacantes. Ces dernières se remplirent rapidement, aussi, certains d'entre eux partagèrent celles du personnel navigant.

Amar accueillit naturellement Abedi et lui céda un coin de son espace.

Pour des raisons de sécurité, il devrait y rester le temps de gagner la haute mer, et profiter de l'accès aux sanitaires pour se dégourdir les jambes dans le couloir.

Il déposa son sac dans un angle et s'allongea sur le lit de camp déployé pour l'occasion. Il aurait aimé discuter un peu avec le lieutenant, mais ce dernier demeurait absorbé par l'écran de son ordinateur. Ses mâchoires serrées sur le peu d'ongles qu'il restait au bout de ses doigts claquaient à chaque découpe d'un résiduel ergot. Visiblement, il ne semblait pas enclin à entretenir une quelconque conversation, aussi Abedi se contenta des usuelles politesses qui accompagnent un bref accueil.

Il fixa le plafond, jauni par les années, et laissa son imagination chercher parmi les auréoles, une figure, un signe, peut-être même un présage. Sa vie venait de prendre un virage important et, malgré les motivations qui l'animaient, résidait une grande part d'incertitude. Son esprit troublé ne trouva, sur la tôle qui faisait office de voûte céleste, aucun repère susceptible de le guider ou du moins le rassurer. Les souffles violents qui accompagnaient le désenchantement d'Amar, à l'issue d'une session de paris, ainsi que les bruits associés à son onychophagie, entretinrent ses doutes une grande partie de la nuit. Il finit par s'endormir, laissant son homologue poursuivre ses investigations financières.

Le jeune Sénégalais se réveilla spontanément lorsque le navire commença à se mouvoir. L'instinct naturel que détiennent ceux qui demeurent sur le qui-vive est un excellent adjudant, qui punit toute forme de retard.

Son sommeil avait manqué de consistance, celui d'Amar également.

Le lieutenant Algérien réalisa, tout de même, de bons gains, lors de ses spéculations ludiques. Il avait persévéré et cela avait finalement payé. Malgré la paire d'heures de repos qu'il s'était octroyée, il affichait ce matin une mine resplendissante. Derrière son pupitre lumineux, il se mit à penser que la chance commençait enfin à lui sourire.

Dans la salle des commandes, Djibril présidait aux manœuvres, conduisant doucement le bateau vers la haute mer. Impatient de quitter le port, pour les raisons que nous connaissons, il s'activait à donner le cap vers la future destination.

Il n'eut pas le temps de plaisanter avec Amar ce matin, l'un et l'autre avaient l'esprit occupé, animé, mais plus serein.

Abedi s'était levé. Pour lui aussi, le bonheur semblait se profiler à l'horizon. Il regardait par le hublot et vit la côte s'éloigner, alors, il dit adieu, non pas à sa terre, mais à son infortune.

« Les signes se manifestent, » pensa-t-il. « Et ils parlent d'eux même. Je pars pour l'Amérique et je quitte cette terre de désolation. L'Afrique m'a vu naître, mais c'est sur le Nouveau Monde que je trouverai l'engrais nécessaire à mon épanouissement. »

Quand on a vingt-deux ans, comme lui, tout paraît possible, et pour réaliser ses rêves, il est important d'y croire et d'œuvrer ardemment.

Travailler, il le faisait depuis son enfance, à pousser les pirogues multicolores sur le sable, puis accompagner son père sur l'une d'entre elles, brûler sa peau durant des heures au soleil, tirer les filets qui vous entaillent les mains et enfin vendre rapidement son poisson. Le reste du temps, il laissait enfler ses pieds dans l'eau trouble des rizières, aidant sa mère à cultiver cette céréale. Ceci composait le quotidien du village dans lequel il avait grandi.

Les recettes halieutiques étaient devenues telles que les prises renfermaient, plus de déchets que ressources vivrières.

La vente du produit de la pêche demeurait si aléatoire que les privations faisaient jeu égal avec le juste assez. Abedi, excédé par cette vie de restriction, voulait rayer le mot manque de son vocabulaire. Le riz, même accommodé de sauce, finit par éradiquer l'envie d'en manger.

« L'abondance se tient à la portée de celui qui ose la saisir. » Aimait-il à répéter.

C'était la première fois qu'il partait aussi loin de chez lui, mais il se sentait en sécurité. L'embarcation de son père était bien plus frêle et menaçait souvent de chavirer. Aujourd'hui, il n'avait aucune crainte de sombrer, même si les vagues s'élevaient bien plus haut et les eaux se révélaient plus profondes. Le pays où il partait pêcher regorgeait de richesses, et nul besoin de s'éreinter pour gagner une misère. Là-bas, la vie était facile et la fortune souriait à ceux qui le méritaient, il suffisait presque de se baisser pour ramasser l'argent qui coulait à flots. Il l'avait lu dans un livre, aussi il lui semblait évident qu'il avait déjà trop attendu. Il était temps pour lui de réclamer son dû à la providence. Un jour, il reviendrait avec un gros bateau, car il allait s'enrichir, et avec ce bateau il ne pêcherait que pour le plaisir. Un joli yacht comme...

À ces mots, j'étais redevenu l'objet de ses convoitises. Il m'avait posé, la veille, près de son sac, puis oublié.

Je fus sidéré en ayant pris connaissance de ses ambitions, et plus grave encore, de ses convictions. Comment pouvait-il imaginer l'existence d'un pays où se trouve la corne d'abondance ? Lequel de mes confrères avait-il pu lui insuffler une telle certitude ? Seuls, les enfants croient à ces balivernes et généralement, lorsqu'ils grandissent, finissent par admettre l'évidence. Je devais prendre garde à ce jeune homme, car il semblait enclin à considérer comme acquis, tout ce qu'il entendait ou voyait.

Il me prit entre ses mains et contempla ma couverture, et caressa la photo comme s'il voulait investir le bateau.

Je lis en ses pensées le désir grandissant d'accéder très rapidement à la richesse. Le yacht représentait exactement celui qu'il aimerait posséder plus tard. Tout ce dont il rêvait était entre ses doigts. Quel honneur pour moi ! Puis il se décida enfin à tourner le premier feuillet, puis le second, découvrant au fur et à mesure d'autres bateaux, bien plus grands et bien plus luxueux. Chacun présentait une nouvelle option que le précédent ne possédait pas. Des salons en cuirs aux piscines à bulles, de la salle de cinéma à l'emplacement pour l'hélicoptère, les somptueux compléments éclaircissaient son regard d'une lueur grandissante et alimentaient l'incendie de son avidité.

Son choix s'arrêtait à chaque page, sur ma dernière proposition. Puisqu'il allait devenir riche, pourquoi se priverait-il donc ?

Trois chocs lourds vinrent mettre un terme à sa lévitation et le ramenèrent immédiatement à la réalité. Djibril frappait à la porte de la cabine et l'interpellait afin qu'il rejoigne le groupe pour le petit déjeuner. Ils naviguaient loin de la côte maintenant et les risques étaient écartés.

Dans le réfectoire, les discussions allaient bon train, comme dans une cour de récréation, un jour de rentrée scolaire. Les anciens jouaient les durs devant les petits nouveaux, leur narrant, bien entendu, les exploits de naguère. Chacun étalait son expérience, étayant ses arguments de photos, tels des trophées que l'on exhibe. Les jeunes migrants, pareils à des poussins fraîchement éclos, acquiesçaient sagement, saluant les regorgements de ces coqs exaltés.

Le second capitaine réclama l'attention de tous, exposa l'organisation de la vie à bord et présenta chacun des membres de l'équipage aux nouveaux passagers.

Puis il ajouta : « Le seul que vous ne voyez pas ici, parce qu'il dort, c'est Ahmet. Mais vous le reconnaîtrez facilement, car, c'est le seul à posséder une grosse moustache. C'est bien connu, les Turcs portent tous la moustache pour filtrer leur café quand ils le boivent. »

Il avait retrouvé son humour, la pression était tombée pour tous maintenant, sauf pour Ahmet peut-être, (cocotte-minute), mais comme il dormait, on va le supposer.

Cependant, Tijil restait silencieux, observant l'agitation dans le réfectoire. Djibril le rejoignit doucement, commentant l'effervescence du moment et l'absence de Piotr. Comme lui, il avait remarqué que le capitaine ne s'était pas levé ce matin-là.

Abedi fit part à Alem de son impatience d'atteindre sa terre promise. Les rêves qu'il nourrissait ébranlaient son corps athlétique autant qu'ils embrasaient son esprit. Il avait hâte de fouler ce sol fertile, et de s'attaquer à la construction de son empire. Il étala, avec l'imagination d'un Don Quichotte en herbe, son ambition et ses envies de conquête. Chaque étape sur le chemin de la réussite résonnait, dans la fougue de son verbe, comme une simple formalité.

Alem demeurait moins confiant quant à l'issue de ce voyage. Fallait-il, encore, à Porto Rico, trouver un moyen pour rejoindre la Floride, et, même s'ils y parvenaient, la probabilité de vivre dans les quartiers huppés de Miami demeurait très mince.

Il incombait, avant tout, de s'assurer de rester en vie, car, exister dans l'illégalité, vous condamne à devenir la proie de toute forme d'exploitation. Dans son propre pays, le passeur avait englouti, l'ensemble des richesses du village, laissant de côté toutes considérations ou états d'âme. Alors pourquoi ceux qui allaient leur céder une partie de leur espace, seraient-ils animés d'un élan solidaire ? S'ils avaient quitté leur terre en hommes libres, ce n'était pas pour finir comme de nouveaux esclaves.

Le rêve américain devient souvent le cauchemar de certains.

Alem ne perdait pas espoir, mais mesurait l'importance des efforts qu'il devrait fournir. Son village attendait, tellement de lui, alors qu'il ne savait pas encore s'il pourrait se nourrir lui-même. La prudence restait avant tout sa meilleure alliée, et il en ferait bon usage.

Djibril qui passait par là prit part à la conversation. Il écouta longuement le jeune Sénégalais planifier sa campagne, avec l'ouïe et l'expérience d'un homme plus averti. Il n'est pas de terre où il suffit de se baisser pour ramasser des pépites, sauf encore, dans certains contes de fées.

« Je me souviens d'une histoire que ma mère nous racontait quand nous étions encore enfants. »

Le second capitaine venait ainsi de mettre fin au monologue d'Abedi. Il espérait qu'avec les mots qu'il allait prononcer, la raison retrouverait sa place dans les esprits du jeune Sénégalais. Il éleva la voix pour que tous les candidats entendent bien le message, et intègrent dans leurs objectifs, la notion de difficulté que la réalité leur rappellera tôt ou tard.

Il se sentait coupable, non pas, d'avoir encouragé, mais favorisé leur départ, les propulsant vers un monde illusoire où la plupart échoueraient sûrement.

Puis il poursuivit :

« Il était une fois un pauvre mendiant qui vivait sous une charrette en compagnie de sa femme. Comme tous les matins, Rachid laissait son épouse Fatima garder leur unique possession, pour aller parcourir les rues de la ville en quête d'une quelconque aumône. Sur le chemin, il trouva un magnifique œuf qu'une poule avait pondu sur l'herbe, entre une caisse en bois et une bouteille vide. Il s'empara de l'œuf et courut rejoindre sa femme. « Regarde, lui dit-il, nous avons de la chance. Faisons-le éclore et nous aurons une poule. »

Fatima était si heureuse qu'elle se mit à danser en s'écriant : « Nous aurons aussi des œufs, des douzaines. »

Rachid reprit de plus belle : « Nous aurons aussi des poulets, un poulet rôti toutes les semaines. Et il nous en restera que nous pourrons vendre au marché. »

Fatima enchérit aussitôt : « Nous pourrons ainsi acheter une vache, qui nous donnera des litres et des litres de lait. Puis nous achèterons un taureau et notre troupeau s'agrandira. Nous allons devenir riches. »

Son mari ajouta naturellement : « Avant la fin de l'année, je serai l'éleveur le plus riche d'Arabie, et les gens viendront de tout le pays pour m'acheter mes produits. »

« Serons-nous assez riches pour que je puisse m'acheter une nouvelle robe ? » Demanda Fatima toute émue.

Rachid reprit aussitôt : « Une robe ? Tu en auras des centaines, avec des pantoufles brodées assorties. Je posséderai cinquante chameaux et je ferai construire un palais avec cent chambres. »

« Pourquoi tant de pièces ? » S'inquiéta Fatima.

« Mais pour loger les domestiques. Et pour les danseuses, au moins une douzaine pour me divertir chaque nuit et prendre soin de moi pendant ma vieillesse. Je les vois déjà humecter mon front d'eau de rose, m'apportant des jus de fruits glacés, me nourrissant de raisin en dansant pour moi. »

Fatima lui avait arraché l'œuf des mains, et lui avait jeté sur la tête. Le jaune dégoulinait sur son visage et la coquille brisée collait à ses cheveux.

« Des danseuses ! » Dit-elle. « Et puis quoi encore ? »

Puis, déçue, elle retourna à l'ombre de sa charrette.

Les rires de l'équipage vinrent sceller le couvercle sur la marmite des ambitions du jeune Sénégalais. Ses confrères gardèrent le silence, ils semblaient avoir compris la leçon. La tâche ne paraissait pas aussi facile qu'Abedi le prétendait. En tout cas mieux valait ne rien prévoir avant de constater sur place quelles étaient les possibilités.

Revenu dans la cabine, Abedi s'empara de moi à nouveau, caressant ma couverture pour se reconnecter à ses rêves.

« Je n'ai, que faire, de sa modestie, » se dit-il. « S'il a peur qu'il retourne dans son village ! La fortune se gagne et je ne renoncerai pas à cette circonstance opportune. »

Il parcourut les pages comme s'il allait passer une commande, elles flattaient son ego d'homme potentiellement riche. Les prix pharaoniques affichés sous les photos des yachts ne semblaient pas l'effrayer. Son esprit s'était figé, comme le regard d'un kamikaze qui fonce sur son objectif.

Je pense que la consommation abusive de céréales avait quelque peu handicapé son développement, le séjour prolongé dans les rizières fit enfler ses pieds et par la même, ses chevilles.

La chance sourit aux audacieux, mais pas aux téméraires.

***

2 : Amar.

« Salut Abedi » dit Amar en entrant dans la cabine. « Tu ne t'ennuies pas ? »

« Pas pour le moment », répondit le jeune Sénégalais. « J'ai de la lecture et puis cela me change un peu, de ne pas avoir à travailler ».

« Et que faisais-tu comme job ? »

« Pêcheur, comme mon vieux et le sien avant ».

« Quand j'avais sept ans, on y allait aussi avec mon père les jours de repos. Il m'emmenait toujours sur une digue, au même endroit. Ce n'était pas celui où l'on avait le plus de chance d'attraper du poisson, mais c'était son coin, alors on restait là. »

La voix du lieutenant portait en elle ce brin de nostalgie, propre à l'évocation de l'enfance, celle qui donne un goût d'inachevé et qui rappelle combien ce fut bon, mais tout aussi bref.

Abedi me prit et me tendit au marin Algérien.

« Si tu aimes la pêche, ce livre va sûrement t'intéresser. Je l'ai fini, tu peux le garder. »

J'en profitais pour me changer, ma mission, auprès du jeune homme, devenait impossible. Malgré les avertissements, il persistait dans son entêtement suicidaire. Si je restais avec lui, je m'exposais à des risques, et le message que je devais lui transmettre, n'était pas destiné à s'auto détruire.

Amar me saisit, observa vaguement ma couverture, puis me posa sur son lit et se leva. Il ressentait un besoin pressant de se laver entièrement, aussi il prit ses affaires de toilettes, et regagna les douches en s'excusant.

L'eau chaude coulait sur sa peau depuis un bon moment déjà, et, les vapeurs qui embuaient l'atmosphère, escortèrent ses pensées vers un lointain passé.

Il revoyait son père, cet homme calme et silencieux, et, dont le visage ne s'était jamais éclairé, ni d'un sourire, ni d'une quelconque forme de gaieté. Il était de taille moyenne, les oreilles décollées, ce genre de personne que la nature a façonné pour écouter seulement. Amar acceptait ce silence, à cet âge on ne comprend pas tout, on prend juste ce qu'on nous donne, et son père, sans le dire, lui offrait déjà beaucoup. Il sentait sa main dans la sienne, cette main grande et chaude, qui, dans le silence du toucher, lui déclarait, comme on tend un relais, « je suis là, je te protège et je t'aime ».

Il le revit, au matin de ses neuf ans, sur la passerelle du paquebot, partir tenter sa chance dans une usine du nord de la France. Avec sa mère, ils avaient entendu la corne du navire sonner longuement en quittant le port, ce genre d'adieu qui ne dit pas son nom, mais que l'on n'oublie jamais. Depuis ce jour, plus rien, personne ne sut dire ce qui était advenu de lui. Aucun registre n'affirmait qu'il ait pu débarquer, comme s'il s'était évaporé.

Le voile s'était posé sur cette enfance rythmée, par un silence plus prononcé, et, lorsque sa mère se résigna à prendre un autre homme, par les invectives incessantes de son beau-père.

Il devinait bien qu'au travers du métier qu'il exerçait, il tentait seulement de panser les plaies du passé. Empruntant à son père, une vie qui s'éternise sur un navire, et constatant, que l'attrait de la terre diminue au fil du temps. Comme s'il cherchait ou espérait communiquer avec celui dont il ne distinguait plus le visage, ou encore utilisait les radars pour se repérer dans l'océan qui décrivait sa vie.

La seule chanson qu'il acceptait de chanter, quand le vortex du karaoké réclamait sa présence, disait « *Wish you were here* », du début à la fin du refrain. Il s'était approprié cette complainte des Pink Floyd, car elle lui collait vraiment à la peau, et forçait ceux, à qui un être manque beaucoup trop, à essuyer les larmes qu'ils ne voulaient pas montrer.

Il est des attentes qui demeurent vaines, et vous contraignent à composer avec les douleurs de l'absence et du silence.

L'enfant qu'il était resté persistait depuis sur cette digue, à espérer un retour impossible. L'adulte qu'il était devenu dérivait sur les mers, jetant chaque nuit ses filets, au hasard d'une meilleure aubaine.

Lorsqu'il revint dans la cabine, Amar s'assit sur le lit et me prit dans ses mains. Le yacht que j'avais réservé à Abedi avait laissé sa place à une simple barque attachée sur la berge d'une large rivière. Comme je l'espérais, ses pensées se détournèrent de ses habituelles préoccupations nocturnes.

Il s'allongea, ajusta son oreiller et posa sa main sur moi. Amar caressa ma couverture, comme s'il voulait décrocher l'amarre, et m'ouvrit doucement.

Je vis dans ses yeux, le désir de cet homme de dépasser sa crainte, aussi, l'histoire que je lui soumis prit cette forme.

Un enfant partait tous les matins à l'école, et, pour s'y rendre, longeait une rivière.

Il s'arrêtait de temps en temps pour lancer quelques cailloux, formant des ricochets à la surface de l'eau.

Sur son chemin, se trouvait toujours ce vieil homme qui pêchait le long de la berge, tout près d'une barque.

Le jeune écolier lui demanda un jour, pourquoi il ne prendrait pas cette dernière, afin d'atteindre le milieu de la rivière où les eaux sont plus poissonneuses. Le vieillard lui répondit qu'il n'avait tout simplement plus la force de ramer, là où le courant est bien trop important pour lui.

Le lieutenant semblait trouver à cette histoire, un intérêt particulier, aussi, je modelais le récit en fonction de ses attentes littéraires, en lui apportant l'écho de ses expectatives humaines.

Je l'accompagnais également au réfectoire, posé sur la table près de son plateau-repas, captivait son esprit, comme une fenêtre ouverte sur un jardin au printemps, nourrissant son âme de, ce qu'il cultivait en lui pour les jours meilleurs. Le laissant, peu à peu, arracher les mauvaises herbes, pour éclaircir et tracer de nouveaux sillons.

Au fil du récit, je sentis que le lieutenant souhaitait modifier le cours de l'histoire, comme un conte que l'on corrige pour en adoucir le dénouement. Ses yeux parlèrent d'eux-mêmes, et guidèrent instantanément ma trajectoire, en soumettant tout simplement cette conclusion.

L'adolescent grandit et proposa ses bras pour conduire l'embarcation, s'assurant que le vieillard reviendrait à bon port.

Amar avait désormais choisi de trouver des solutions.

Il avait quitté la digue de son enfance, celle d'où il scrutait l'horizon, guettant un signe de son père, lui indiquant un chemin à suivre. Son existence ne fut qu'attente, et dans cet immobilisme affectif, rien n'avait eu d'importance pour lui jusqu'alors. Il s'était nourri de jeux à distance et à l'issue plus qu'incertaine. Comme ces galets que l'on jette sur l'eau, qui rebondissent et vous tiennent en haleine, mais qui finalement disparaissent dans la noirceur des profondeurs. Les ondes qu'il avait créées à la surface à chacun des impacts s'étaient diluées vers l'infini sans laisser de traces.

Il aspirait maintenant à une vie plus fertile, où l'écho répondrait à ses doléances, et où, la jachère de son existence deviendrait un jardin à cultiver.

En proposant son aide au vieil homme, Amar venait de demander pardon à son père, de n'avoir pas été assez grand.

***

3 : Fatou.

Ce matin-là, Alem retrouva Abedi au réfectoire pour le petit déjeuner.

Ils échangèrent les civilités d'usage, et retournèrent à leurs vagues pensées. L'incertitude de l'un et l'impatience de l'autre considéraient qu'elles n'avaient plus rien à se prouver. Leur pays avait disparu à l'horizon, celui qui les attendait, semblait encore bien trop éloigné.

Cela faisait trois jours que le capitaine ne venait plus sur le pont supérieur, et, son second, le visitant régulièrement, avait du mal à cacher son inquiétude. Il ne se nourrissait pratiquement plus.

Ce n'était pas la première fois, il avait déjà éprouvé son organisme au point de bannir toute forme solide d'aliment, mais l'être humain ne peut indéfiniment tirer sur le fil de sa vie, sans en découdre, un jour, avec Atropos.

Alors Djibril l'accompagnait de son mieux, comme on guide un aîné dans un hospice, et qui sait, même s'il n'a pas eu le temps de vieillir, que sa fin se rapproche.

Amar entra dans la salle à manger, se servit un copieux petit déjeuner, et s'assit à la table des deux jeunes Sénégalais. Son visage affichait la lueur de ses meilleurs jours, ces nuits dernières il avait dormi bien sagement. Pas de jeu, pas de pari, juste quelques pages de lecture, telles des berceuses infantiles qui vous accompagnent doucement. Il publiait le teint de celui, qui, au matin d'un nouveau chapitre de son existence, dévore chaque instant sans en oublier une miette.

« Penses-tu que nous pourrons facilement rejoindre les États-Unis après avoir débarqué à Porto Rico ? » Lui demanda Alem.

« Je ne sais pas, c'est la première fois que nous nous y rendons. C'est même la première occasion où nous prenons des clandestins. Avez-vous des contacts aux USA ? »

« Non, rien de bien concret. Il y a tellement de gens qui essaient d'y entrer, il doit bien être facile de trouver des passeurs. »

« Pas faux, mais, tous ne sont pas des personnes honnêtes. Et que faisais-tu au Sénégal ? »

« Je travaillais dans un cyber café à Dakar. Mais je ne gagnais même pas assez pour nourrir la famille au village. Alors j'ai emprunté l'argent à la communauté pour tenter ma chance. »

Alem sortit une photo de son portefeuille, et, lui tendit en disant :

« Regarde, je travaillais à cet endroit. »

« Et la jolie fille derrière la caisse, c'est ta copine ? »

« Non, c'est ma sœur Fatou, elle va me remplacer pour ne pas perdre de revenus pendant mon absence. »

Amar ne parlait plus, il posa sa tranche de pain, et, saisit la photo à deux mains pour mieux l'observer. La jeune fille présentait, bien qu'il devinât que son âge était plus avancé que celui de son frère, les traits fins et gracieux d'une enfant. Son sourire discret, et ses yeux grands ouverts décrivaient l'innocence et la fragilité de son être. Il inclina la photo, d'un côté puis de l'autre, sans lâcher du regard, celui de la jeune femme, jouant avec les reflets de la lumière, pour la mettre un plus en évidence. Il s'abandonna un instant à la douce idée qu'elle ne regardait que lui, et que dans le mektoub, auquel il ne croyait presque plus, elle venait de s'inscrire, en lettres majuscules.

L'homme a cette étrange particularité, d'omettre, certains de ses besoins élémentaires, il peut même oublier, que manger est une nécessité vitale, si l'ouverture de son champ de vision lui propose une douce lumière.

Amar repoussa son plateau, puis ausculta l'image de Fatou, écoutant les confidences que son cœur lui murmurait, son appétit envisageait d'autres perspectives.

Puis Alem reprit :

« C'est une artiste, elle crée tellement de choses de ses mains. Elle peint, elle tisse, elle sculpte, et réalise des poteries. Elle rêve de pouvoir vivre de son métier, mais au village ils la traitent de folle. Mes parents lui répètent toujours "Trouve-toi un mari et fonde un foyer", mais elle rejette tous les hommes qui se présentent. Elle dit qu'ils ne peuvent me proposer autre chose, qu'un rôle, d'épouse, de mère et de gardienne de chèvres. Elle me manque déjà, j'ai hâte d'arriver au port pour la contacter. »

Le lieutenant tombait sous le charme, il hésita un instant, puis glissa doucement au jeune homme :

« Je peux t'organiser une connexion avec ta sœur, tu pourras lui parler et même la voir si elle dispose d'une webcam, mais ne le dis à personne, je n'ai pas envie que tous les autres défilent dans ma cabine pour contacter leurs proches. Viens vers quatorze heures, j'aurai fini mon quart. »

« D'accord merci Amar, merci encore ! » Le jeune homme se leva et quitta le réfectoire. Il avait oublié le cliché de sa sœur, par mégarde sûrement, mais il n'était pas perdu pour autant.

Amar me chercha dans sa poche, m'ouvrit délicatement à la page fermée la veille, et y glissa, instinctivement, la photo en guise de signet, celui qui indique où l'histoire s'est arrêtée, et où elle va bientôt redémarrer.

Je profitais de cette proximité, pour examiner plus en détail la jeune femme. Je l'avais jusqu'alors observée seulement au travers des yeux du lieutenant, mais je désirais me forger ma propre opinion.

Elle incarnait vraiment la beauté. L'ébène de sa peau absorbait la lumière, qu'il laissait rejaillir dans l'éclat de son regard. La douce courbe de ses sourcils, l'ondulation voluptueuse de ses lèvres, l'exquise discrétion de ses oreilles, la délicate inflexion de ses narines, comme autant d'ocelles qui feraient pâlir le plus majestueux des paons, dessinaient sur les dunes de son visage, des oasis de fraîcheur. Elle avait tressé quelques fines nattes sur un flanc, laissant de longues boucles anglaises, envahir le reste de sa chevelure. Cette asymétrie lui donnait un goût de rebelle, l'expression d'une singularité, que venait souligner une discrète cicatrice sur sa pommette.

Elle portait en elle la grâce des femmes, de ce continent qui peupla le monde, mais qui avaient su garder leur côté sauvage, ainsi que leur humilité.

Je n'éprouvais aucune jalousie, non sérieux, loin de moi cette idée. Seulement un regret, je comprenais que je n'aurais pas la chance de la rencontrer. Être parcouru par ses mains eut constitué, pour moi, un plaisir délectable, mais ma mission sur terre consiste à guérir les hommes de leurs tristes idées. Celles dont les épreuves de la vie vous affligent et vous marquent, comme une mauvaise note inscrite en rouge sur votre cahier, vous déstabilise plutôt qu'elle ne vous encourage. Je ne devinais, dans son esprit, que de vierges et saines pensées. À croire, qu'en plus de ses talents et d'une immense beauté, la vie l'avait également épargnée !

Les heures parurent longues jusqu'au rendez-vous. Pour Alem, vous le comprenez, heureux de pouvoir rassurer sa sœur, et de lui donner de ses nouvelles. Et pour Amar dont le cœur s'emballait, emporté par la fougue d'un adolescent. Pour moi aussi, ce fut difficile, manipulé sans cesse par ses mains impatientes. L'envie subite de lire le prit pendant qu'il travaillait, un œil posé sur son pupitre et l'autre rivé sur la belle.

À l'heure tant espérée, ils attendaient tous les deux devant l'écran de son ordinateur. Un clic, trois sonneries, puis elle décrocha.

Contrairement aux lois de la physique, c'est le son de sa douce voix que l'on entendit en premier, suivi, peu de temps après, par l'éclair de son image.

Amar, foudroyé, suffoqua un moment, puis sans détourner ses yeux de l'écran balbutia simplement :

« Bonjour, je vous passe votre frère. »

Il s'éclipsa, laissant place à Alem, malheureux de ne pouvoir profiter de la sœur plus longuement. Du couloir il entendait les effusions de joie, prémices aux discussions plus sérieuses, guettant la moindre intonation, les subtiles variations, de ce dialecte Wolof dont il n'avait aucune connaissance.

Dans ce Braille auditif, il apprenait à découvrir, celle qui occuperait, désormais, ses pensées de jour comme de nuit.

La conversation terminée, le jeune Sénégalais sortit de la cabine, et, serrant le lieutenant fermement, lui dit :

« Merci ! Tu es quelqu'un de bon, mon frère. Ma sœur m'a demandé quel était ton prénom, alors, je me suis permis de le lui donner, ai-je bien fait ? »

« Oui bien sûr, d'ailleurs tu avais oublié sa photo, je l'ai ici, et puis j'ai terminé ce livre si tu aimes lire. Moi il m'a bouleversé et je le souhaite, pour toi tout autant. » Amar me tendit à son nouvel ami, Alem ôta la pellicule de mes pages, et, la lui rendit aussitôt. La voix de sa sœur avait inscrit dans ses paroles, un timbre assez délicieux, pour qu'il puisse y déceler, le filigrane d'un message qui émane du cœur.

***

4 : Amar + Fatou.

Sitôt arrivé dans le dortoir, Alem me posa sur le lit superposé dont il occupait la place du haut. Je dis, dortoir, mais, ce n'était en fait qu'une ancienne galerie vacante qui fut aménagée et dotée de couchages. Douze banquettes sur deux niveaux lui conféraient l'aspect d'un bunker, tant la lumière semblait insuffisante et le passage exigu. Les propulseurs du navire résonnaient plus fort sur les parois, et faisaient vibrer doucement le plancher.

Je pris l'apparence d'un livre historique pour le coup, toujours à propos de bateaux, ceux qui, durant quatre siècles environ, transportaient des marchandises vers les Amériques.

Ma couverture ne brillait pas, plutôt blanche sur noir, avec des auréoles sales, témoignage des traces du passé.

Le jeune Sénégalais, me tenant entre ses mains, repensait à sa sœur, ses parents, son village. Se disait que, même difficile, la vie y demeurait cependant supportable. Il laissait sa famille, ses amis, et la douceur qu'il avait jusqu'alors, pu récolter auprès d'eux. Tout cela pour rejoindre une contrée où les gens vivaient mieux, enfin, c'est généralement ce que l'on disait d'eux. Pourrait-il subsister comme une Tillandsia, cette plante qui n'a besoin ni de racines ni de terre ?

Les États-Unis se constituaient d'états bâtis, évidemment, grâce à l'afflux de migrants, mais l'histoire avait prouvé que sa population héritait d'une mémoire courte. Les vagues successives de l'immigration avaient supporté les rejets des précédents candidats.

C'est souvent ainsi quand on fait partie des invités, le dernier arrivé ferme toujours la porte, même si l'hôte a prévu un peu plus par mesure de sécurité, il y a ceux qui mangent trop et ceux qui ont toujours peur de manquer.

À l'heure du repas, il rejoignit l'équipage, chercha des yeux, puis trouva, son nouvel ami Algérien, et s'assit près de lui, pour s'alimenter.

Il lui témoigna de son inquiétude concernant le futur, et de son indécision. Il regrettait même quelquefois d'être parti de Dakar.

Amar le concevait, il le comprenait d'autant plus que lui aussi sentait la distance grandir, autant que son attirance à l'égard de sa sœur.

C'est fou comme la terre, argileuse ou pas, peut devenir attachante quand elle nous manque. Et si l'on se réfère à un postulat génésiaque qui affirme que l'homme fut créé à partir de cet élément, il semble plus logique, que nous soyons attirés, par ce qui nous correspond.

Pour chacun d'eux, la prochaine étape serait Porto Rico, puis l'inconnu. Ils n'avaient, d'autres solutions, que d'attendre, et composer au mieux.

Le repas terminé, ils prolongèrent leur discussion autour d'un thé à parler de choses et d'autres, pour passer le temps. Les interrogations du lieutenant étaient plus orientées vers le Sénégal, il voulait tout savoir, sur sa culture, son histoire, son village, sa famille, ses frères, sa sœur, et plus Amar le questionnait, plus la distance devenait grande pour les deux hommes. « L'absence ne refroidit que les passions légères. »

Puis ils retournèrent tranquillement vers leurs cabines, et dans un synchronisme presque parfait, s'allongèrent sur leur lit, la tête encore pleine, de pensées intrusives.

Amar ne trouvait pas le repos, il saisit l'ordinateur portable posé sur son chevet, et l'ouvrit doucement. La respiration d'Abedi, ainsi que quelques ronflements attestaient de son sommeil profond, aussi il pourrait, sans le déranger, occuper son temps sur le réseau.

Dans le coin supérieur gauche de son écran, une lumière verte attira tout de suite son attention. La fenêtre de la messagerie instantanée était restée ouverte, et Fatou était toujours en ligne. Que faisait-elle à une heure aussi avancée ? Il positionna son curseur dans la boîte de dialogue et esquissa quelques mots, puis les effaça aussitôt. Qu'allait-elle penser de lui, ils ne se connaissaient qu'à peine ? Il recomposa sa phrase différemment, puis, armé de son courage, la supprima à nouveau.

L'esprit de l'homme a cette particularité d'être un général hors pair, mais sur les champs de bataille, face aux Amazones, son armée déserte, ou est mise en déroute.

Il est des moments où le temps est suspendu à peu de chose, des silences que l'on distingue au milieu du bruit, des paroles que l'on entend même si elles ne sont pas dites.

« Bonsoir ! »

Son cœur se mit à battre avec une frénésie telle, qu'il en perdit, un moment, tout sens de l'orientation. Le visage de Fatou apparaissait sur son écran.

« Bonsoir. »

« Je ne te dérange pas ? »

« Non, pas du tout, je n'arrivais pas à trouver le sommeil. Tu veux peut-être parler avec ton frère. Je crains qu'il ne dorme déjà. »

« Non, répondit-elle, juste avec toi. »

Le jeune algérien ne trouvait plus ses mots, désarçonné par l'assurance et la franchise de son interlocutrice.

« J'ai vu que tu étais également connecté, reprit-elle, aussi je me suis permis de te contacter. Je voulais te remercier, d'être là pour mon frère. Il dit de toi que tu es un homme bon, et je le pense pareillement. »

« Merci Fatou ! C'est bien Fatou ton prénom, me semble-t-il. »

« Oui, c'est un diminutif de Fatoumata, cela signifie "celle qui vient d'être sevrée". Et le tien c'est Amar, c'est bien cela ? »

« Amar, c'est bien cela. Ton frère m'a dit énormément de bien de toi aussi. Tu es, paraît-il, douée de nombreux talents. »

A ces mots elle éclata de rire, et répondit rapidement.

« Je te remercie, mais mes aptitudes, jusqu'à présent, me permettent seulement, de travailler dans un cyber café, et, d'y dormir pour minimiser les frais. Tu sais, ici, il n'y a pas de clients pour l'art et je ne peux pas quitter le pays, mes parents ont trop besoin de moi. C'était mon frère ou moi, alors il est parti. Un homme aura plus de chance de s'en sortir qu'une femme. Mais parle-moi de toi plutôt ! » lui lança-t-elle.

Le nuage sur lequel flottait le jeune lieutenant le hissait, à chaque mot de la belle, toujours un peu plus haut dans le ciel de son assurance. Il mesurait chacun de ses mots, évaluait l'impact qu'il aurait sur elle, tout en contenant son exaltation, à la crainte de voir, à la première erreur de langage, se dérober le vaporeux plancher sur lequel il ondoyait délicieusement. Le lien, qui le reliait à la demoiselle, semblait aussi mince qu'invisible, non pas, celui d'un pêcheur, car il ne s'agissait pas de capture, juste un fil d'Ariane, pour un jour peut-être, retrouver son chemin. Que pouvait-il dire de lui sans paraître trop gauche ? Dévoiler son attirance pour elle serait bien trop prématuré, et, comme on le devine, son plus beau pari, c'est ce soir qu'il le tentait.

Il prit sa respiration comme avant une apnée, frotta ses mains comme s'il voulait jeter des dés, et vida son cœur de ces quelques phrases à la portée incertaine :

« Difficile de parler de moi Fatou, mais si je devais résumer ma vie, je dirais que j'ai l'impression, à l'image de mon emploi, d'errer en permanence sur l'eau. Je vois beaucoup de pays, mais je n'en connais que les ports, je me déplace beaucoup, mais, en fait, ne découvre pas grand-chose.

Comme toi, je vis et travaille au même endroit, mais tu disposes d'un village où aller, des parents, des amis. En dehors de mes collègues sur ce navire, tous ceux que je croise sont des inconnus. J'aime mon métier, mais rien de ce qui l'accompagne ne m'attire, et honnêtement je suis las d'errer ainsi depuis si longtemps. »

« Mais tu n'as plus de famille ? » reprit Fatou.

« Non, plus maintenant. »

Une pause se glissa dans la discussion, tel un hommage rendu à ses parents, et pour elle, un moment pour comprendre sa solitude. Et puis, comme la nature a horreur du vide, elle ajouta naturellement :

« Écoutes Amar, cela a l'air ridicule de te dire cela, car on ne se connaît même pas, mais sache, que je serai toujours là si tu as besoin de parler, alors n'hésites jamais à m'appeler. »

« Merci Fatou. » Répondit le jeune algérien. Difficile, pour lui, de trouver les termes. Le joueur qui sommeillait en lui retrouvait, cet état d'apesanteur, que procure la probabilité de gain. Elle venait de lui dire en quelques mots que la partie pouvait continuer, qu'il pourrait s'il le voulait, jouer à volonté, sans pour autant lui promettre qu'il allait gagner.

Vu l'heure avancée, ils conclurent qu'il valait mieux, remettre, leur conversation au lendemain.

Il relut leurs dialogues, encore une vingtaine de fois, puis ferma les yeux, en échafaudant de nouveaux rêves. Il eut, tout de même du mal à s'endormir, ébloui par le souvenir de l'éclat de l'émail de ses dents.

***

5 : Alem.

Le lendemain, son ordinateur portable le suivait partout. Malgré le peu d'heures de sommeil, Amar affichait une forme resplendissante. Très actif, dès le matin, un œil sur son petit déjeuner ainsi que sur un article qui dépeignait l'art africain, pendant que l'autre contrôlait le radar, et guettait la lumière verte. Rien ne semblait le freiner dans cette boulimie de culture, et, si une addiction en remplaçait une précédente, la dernière paraissait bien moins préjudiciable.

Alem venait d'arriver sur le pont supérieur, saluant tous ceux qu'il croisait, il se dirigea vers la salle de repos. Ici, la lumière semble suffisante pour lire, pensa-t-il, celle du dortoir était bien trop faible.

Sitôt installé, il me prit et caressa machinalement la couverture, comme il procéderait pour ôter la poussière, déposée là au fil des années. Il tourna les feuilles une à une, avançant lentement jusqu'au premier chapitre. Mes pages étaient jaunies, d'autres froissées, quelques entailles çà et là, comme autant de blessures. Je me suis paré d'une odeur particulière, celle de la sueur, de la peur et du sang. Au temps du grand-père de son grand-père, j'allai lui conter l'histoire d'autres migrants. Ceux qui comme lui, furent sélectionnés, regroupés, puis embarqués, empruntèrent la même route, conduisant vers ce Nouveau Monde. Eux aussi partaient travailler, car l'ouvrage ne manquait pas. La manière demeurait différente, la motivation tout autant.

Il reconnut l'île de Gorée, ce point de ralliement dans la baie de Dakar, où les futurs employés étaient logés gracieusement, puis voguaient jusqu'aux Caraïbes, dans les cales des bateaux. Ils devaient se serrer, on dut les entasser les uns contre les autres, pour qu'un bon nombre en profite. Il entendait le bruit des chaînes, celui des pleurs, celui de la mort.

Le jeune Sénégalais, revisita l'histoire de son peuple, et mesura combien la traite négrière causa de dégâts. Tant de vies furent brisées, afin d'en satisfaire quelques-unes. Même si pour son cas, il avait choisi de payer pour en arriver là, il put constater que l'histoire se répétait. Les privations conduisent à la servitude lorsqu'elles sont entretenues. Les coups de fouet avaient désormais pris d'autres formes, se déclinant, du chômage au consumérisme, de l'ignorance aux inégalités, de la corruption à l'avidité. Actuellement, leurs chaînes demeuraient invisibles, mais tout aussi lourdes à porter, ne laissant, comme alternatives, que la fuite, l'exil, ou la pauvreté.

Je restais entre ses mains toute la journée, ponctuée d'une pause repas où l'appétence ne figurait plus. Son continent, si riche, mais si mal exploité, demeurait une terre stérile pour ses habitants. Il se vidait de ses ressources minières et humaines, condamnant ceux qui restaient, à une lente agonie sociale. Mais comment pouvait-il agir à son niveau ? L'esclavage saignait ces terres depuis longtemps. Par les Arabes, les Européens, mais bien avant ceux-ci, il y eut une traite intra-africaine.

Chaque fruit subit les assauts de ses prédateurs, mais les vers résident aussi à l'intérieur. On souffre souvent de la fièvre que l'on a laissé grandir en soi.

Déjà, la nuit commençait à tomber, et Alem rejoignit les autres pour le repas du soir. L'ambiance devenait festive, un des mécaniciens Philippins fêtait son anniversaire, alors tous levèrent leur verre en entonnant ce couplé. « Et une année de plus dans cette galère ! »

***

Chapitre 5 : Le ventre du navire

1 : Lester.

Tout le monde se trouvait là, sauf Ahmet et Piotr. Le premier veillait en salle des commandes, le second gisait ivre sur son lit.

Ce soir, Lester était le maître de cérémonie. Il animait les festivités tel un vrai boute-en-train, invitant l'un et l'autre à pousser la chansonnette, dans cette discipline musicale où il excellait tant.

Alem, n'avait pas le cœur à chanter, le blues qui l'habitait depuis l'aube, remettait sérieusement en cause son départ de l'Afrique.

Amar, quant à lui, flottait sur d'autres ondes. Désireux de retrouver sa belle nocturne, il resta un moment par politesse, le temps d'écouter quelques chansons d'amour, puis s'excusa auprès de l'assemblée et s'éclipsa, comme une comète en quête d'un heureux présage.

Un riff de guitare électrique sonna tel un carillon de fin de récréation, comme un clocher d'église résonne pour l'appel des fidèles. Chacun retint son souffle, ils connaissaient la chanson, le King entrait en scène, attention, messieurs, attention.

Dans cette ambiance survoltée, esquissant quelques déhanchements, Lester entonna « Jailhouse Rock » d'Elvis Presley, comme une main s'habillerait d'un gant.

Les autres autour encourageaient de cris et sifflements, disant, à leur manière, le rock du bagne, c'est nous, c'est ici et c'est maintenant. Il y mettait tout son être, sa fougue, sa rage, et relevant le col de sa chemise, brillait comme une étoile, même s'il ne demeurait, pour le moment, que le roi de cette prison. Il inondait le pont de sa voix mélodieuse, copié-collé du timbre de son idole, celle qui quitta le pénitencier pour une carrière glorieuse, et dont il empruntait le même chemin, le temps de la chanson. Les acclamations, à la fin de sa prestation, le poussèrent évidemment vers un autre morceau, celui qui lui collait aussi bien à la peau, que le cambouis au quotidien. Celui qui résumait sa morne existence, chaque jour et chaque jour encore, celui qu'il apprivoisait, pour dompter son destin et diminuer sa peine. La chanson, « My way », s'inscrivait naturellement dans son répertoire. Elle venait, comme une douche vous débarrasse de la transpiration, laver leur âme de leur amertume. Ils reprenaient en cœur, et dans un ultime refrain, constituaient l'écho d'un seul et même chagrin.

Je me tenais encore entre les mains d'Alem et sa sueur collait à ma couverture. Il avait apprécié la performance du chef mécanicien, et ressenti toute l'émotion qu'elle dégageait. Pour le final, quand ils reprirent en chœur, je sentis son étreinte, troublé par les voix des marins.

Lester, s'approcha du Sénégalais avec l'allure fière de celui qui cherche la reconnaissance, aussi, le jeune homme lui frappa sur l'épaule en l'auréolant d'un : « Tu es le meilleur ».

Flatté, Lester s'attarda près de lui et le questionna sur son pays. La discussion dura environ une heure, chacun apportant son lot de louanges sur sa terre natale.

Le Philippin lui montra une photo, sur laquelle il posait fièrement devant un porte-avions Américain. Il insista sur la chance qu'il avait eue, lors de son apprentissage, de pouvoir le visiter, et, en particulier, la salle des machines. Ce navire avait participé à la libération de son pays durant la Seconde Guerre mondiale.

Cet épisode de sa formation, constituait pour lui et son entourage, une mention honorifique, qui l'élevait au rang de docteur es mécanique.

Aucune objection ne pouvait réfuter les décisions qu'il prenait dans le domaine de ses compétences. Pour les moindres interventions, il badigeonnait son équipe de sa science, diffusant les connaissances que sa mémoire lui restituait. Le pas lent, et les mains sur ses hanches, il examinait la pièce à changer, à grands coups de hochements de tête. Il désignait le coupable, puis prononçait le verdict, mise à mort, maison d'arrêt, ou foyer de redressement, les autres s'exécutaient sans aucun jugement. Si la sanction s'avérait concluante, il s'enorgueillissait de cette décision, brandissant la photo en guise de référence, rajoutant au passage une cale sous le trône sur lequel il siégeait.

L'être humain a toujours eu besoin de héros pour doper l'ascension de sa propre estime. Si ce n'était pas le cas, les panoplies ne se vendraient pas aussi bien.

Il s'avérait désormais, nécessaire, que je change de lecteur. Alem avait vu assez d'atrocités sur l'Afrique depuis ce matin, et je sentais que Lester avait besoin de moi. Je modifiais donc mon apparence, embellissant ma couverture, de magnifiques églises d'architecture hispanique. Cela n'échappa pas à l'attention du Philippin, cette basilique ressemblait à celle de son quartier, celle dans laquelle il rêvait de se marier un jour.

« Puis-je regarder, s'il te plaît ? » demanda-t-il ?

« Je t'en prie Lester ». Répondit Alem. « Tu peux le garder. »

Je changeais donc de mains, celles du chef mécanicien étaient beaucoup plus râpeuses, conséquence de dures tâches trop souvent répétées.

Je n'eus pas le temps d'être ouvert, car déjà les chants Philippins retentissaient dans la salle. Lester me posa sur le banc, près de ses affaires, et rejoignit les troubadours. Presque tous les autres étaient partis, aussi Alem leur emboîta le pas, laissant, à la chorale, l'intimité qui s'imposait.

***

2 : Au nom du fils.

La musique s'arrêta et le dernier chanteur posa le micro. Ils restèrent encore pour discuter du pays, revisitant le grenier des plus beaux jours.

La nostalgie possède cette curieuse faculté, de pousser les hommes, à souffler sur les braises qui les consument.

Ils parlèrent de leurs descendances et de leurs études, cette assurance à laquelle ils ont souscrit pour leurs vieux jours.

Lester demeurait silencieux, écoutant chacun d'entre eux, étaler les prouesses de leurs progénitures. Il n'avait pas encore d'enfant, mais il espérait toujours. Angela, la femme qu'il fréquentait à Cebu, repoussait chaque fois, la date de leur mariage. Pourtant il lui avait tout donné, aspirant, à son tour, à devenir père un jour.

Lui non plus n'avait plus de famille, et l'instinct de survie, lui dictait de se reproduire. Le premier de ses fils s'appellerait Douglas, en l'honneur de Mc Arthur, encore une référence.

Il avait choisi une belle femme, un peu trop dépensière, mais si ravissante. Leur rêve consistait à partir vivre un jour aux États-Unis, alors il lui confiait tout ce qu'il gagnait, elle saurait, mieux que lui, préparer leur avenir. Ils se voyaient trois mois dans l'année, mais elle refusait toujours d'endosser le rôle de mère, et le mariage, pour elle, ne semblait pas constituer une priorité. À chacun de ses retours de voyage, Lester revenait à la charge, indiquant qu'il vaudrait mieux, l'avoir tant il demeurait dans la force de l'âge, et, même si lors de ces retours, ses visites étaient de courte durée, il serait de retour pour la naissance.

Mais elle restait de marbre, réfractaire à l'idée de l'enfantement, et à son ardent désir d'être père.

Alors il attendait, souhaitant qu'elle se décidât un jour, et arrosait la plante de bien plus que son amour, pour que la fleur éclose enfin. Il avait confiance en elle, son futur beau-frère ne vivait pas très loin, et il avait pour sa sœur, les meilleures attentions.

Il finit par me prendre entre ses mains, et montra à l'assemblée, la jolie basilique, qui illustrait mon plat de devant.

« Regardez ! » dit-il. « C'est par ici que nous passons tous. Quand on nous baptise, pour nos communions, pour notre mariage, et même avant de nous enterrer. »

Les marins approuvèrent en riant, puis regagnèrent leurs cabines. Il était tard déjà, mais le chef mécanicien resta assis. Il caressa ma couverture, à l'image de son rêve d'union, et parcourut les lignes de ma première page.

Je lui narrais les vestiges culturels de son archipel, héritage de la colonisation espagnole. Lui rappela qu'elle dura plus de trois siècles, pour, finalement, voir, pour quelques poignées de dollars, sa terre vendue aux Américains. Avant eux, des sultanats avaient établi leur domination sur les îles du sud, de même que les Chinois commerçaient plus au nord. Dans cet échiquier, au milieu du Pacifique, les habitants de ces îles ne furent, depuis toujours, que de petits joueurs, pour ne pas dire des pions. Et comme le dernier qui parle a, semble-t-il, souvent raison, le mode de vie à l'américaine, était devenu leur idéal. Ils couraient tous, désormais, vers la mondialisation. Délivrée du joug de la dictature, la démocratie actuelle se livrait à un maître bien plus gourmand.

Curieusement, les Espagnols n'introduisirent pas la corrida aux Philippines. Seules les provinces d'Amérique latine avaient hérité de cette tradition.

Lester se mit à imaginer l'arène survoltée, et, en bon chanteur qui se respecte, une chanson lui revint à l'esprit. Il l'a chercha sur la machine à karaoké, baissa le son et laissa défiler les paroles.

« Depuis le temps que je patiente dans cette chambre noire, j'entends qu'on s'amuse et qu'on chante au bout du couloir… »

« La corrida. » Cette chanson de Francis Cabrel où le taureau décrit ses émotions jusqu'à sa mise à mort, il l'avait déjà interprétée, sans réellement prêter attention aux paroles.

Elle résumait pourtant sa vie, condamné à courir après un drap qu'on agite, celui qu'Angéla remuait depuis tant d'années. À l'image de la bête, il attendait dans sa prison flottante de pouvoir bondir vers elle, et, pour finir, essuyer ses esquives. Chaque refus amplifiait, bien entendu, le douloureux effet, d'une pique dans le dos.

Même si la vie nous a gratifiés de la force et de la détermination d'un taureau, on ne vaut pas mieux qu'un bœuf, si notre unique fonction consiste à creuser un sillon, sans ne jamais voir germer les graines ni grossir les fruits de sa semence.

Les éloges qu'il recevait de son public, dans toutes ses prestations scéniques, demeuraient les succédanés d'une reconnaissance escomptée.

Pourtant, la seule gratification qu'il attendait de la vie était d'échapper à la stérilité de sa condition. Être un père, élever un enfant, se dire enfin qu'on n'est pas venu, jusque-là, pour rien. Il voulait laisser une trace, lui apprendre à parler, à chanter même, pour que ce véritable écho donne un sens à sa vie.

Lester me referma, éteignit la machine, puis retourna vers sa cabine. « *Le sommeil est le baume des âmes blessées.* »

(William Shakespeare ; Macbeth)

***

3 : Mohamed

C'est Mohamed qui, lorsqu'il releva son homologue turc, entama cette journée particulière. Les vagues étaient hautes et le bateau bougeait beaucoup. Djibril arriva également au poste de commande. Un avis de tempête venait d'être déclenché, et par précaution, la raison invitait à tout contrôler. Ce n'était pas la première fois et les risques restaient moyens. Le navire, même vieux, en avait supporté de bien plus violentes. Ahmet transmit les consignes, puis, fatigué, regagna ses appartements. Il oublia, par mégarde, la paire d'haltères qu'il utilisait quotidiennement, mais comme il allait dormir, cela n'avait pas d'importance. S'il les avait réclamées, durant son sommeil, son cas serait, vous vous en doutez, plutôt désespéré.

Mohamed établit le point, avec son supérieur, concernant la conduite à tenir, durant la période de son service. Sitôt fait, Djibril partit inspecter le reste du bâtiment, laissant son lieutenant, aux commandes du navire. Ce dernier demeurait serein. « Plus que deux heures, et le jour se lèvera. » Se dit-il. Le cap était gardé, il devait seulement veiller à ce que tout se passe comme convenu.

Peut-être à cause de la houle, du tangage et du roulis, ou juste bercé par une certaine nostalgie, le jeune Algérien se remémora son enfance.

Le début de sa vie équivalait à celui d'un prince. Il était choyé, adulé, aimé, comme bien souvent quand on est l'unique garçon, et il se souvenait qu'au sortir de l'âge tendre, c'est dans les quartiers riches d'Alger qu'il résidait avec ses parents.

Puis une adolescence facile, où rien ne lui fut refusé, le conduisit tranquillement vers les portes du clan des adultes. Une famille de médecins, un oncle dans un ministère, rien ne pouvait ternir cette existence de rêve.

Certes, il voyait bien autour de lui que beaucoup n'avaient pas sa chance. Parmi les élèves de son université, des élèves venaient des quartiers déshérités. Là ou gens luttaient pour survivre et dormaient dans la rue, quand d'autres nagent dans l'opulence. Mais c'était ainsi, et on ne pouvait rien y faire, dans ce pays, c'était bien connu, vivaient les Algé-rois, et puis les algé-riens.

Lors d'un cours, il avait appris cette loi de physique, disant qu'une contrainte entraînait forcément une déformation. Alors plutôt que de chanter, avec ou sans violoncelle, le peuple dériva, logiquement vers un soulèvement.

Cette théorie fut, bien entendu, vérifiée durant ces évènements, vinrent une lutte armée et des règlements de comptes. Et parmi les têtes qui sautèrent, tombèrent également celles de ses parents.

La fuite resta la seule alternative, à sa mort probable, mais il dut, pour une fois, travailler pour assurer sa subsistance.

Même si l'intendance de l'Esperanza n'offrait pas le raffinement qu'il connut durant son enfance, les quantités demeuraient suffisantes, pour parvenir à l'alimenter.

Mais comme la nature a horreur du vide, mieux vaut prévoir, et il mangeait, comme s'il devait, aujourd'hui, nourrir également les générations futures.

En parlant d'avenir, le sien lui paraissait assez flou. Ce qu'il fera de sa vie ? Il n'en savait rien. Il avait très bien vécu dans le pays qui l'avait vu naître, mais maintenant, les eaux internationales demeuraient son unique patrie. Certes, elles offraient beaucoup d'opportunités, il pouvait choisir l'orientation de son destin, mais jusqu'à présent, seuls ses parents avaient décidé du sien.

Alors il restait coincé, en cette fin d'adolescence, entre l'horizon vague de sa fonction, et le confort sommaire de sa cabine.

Son confrère Amar venait d'arriver pour le changement de quart. Ils échangèrent l'embrassade rituelle, les formules de politesse, quelques phrases en Arabe, comme un drapeau que l'on relève.

Il avait passé une excellente nuit. Depuis quelques nuits, il retrouvait la jeune Sénégalaise sur la messagerie. Leurs conversations avaient, depuis, bien évolué, à mesure que la distance entre eux grandissait, elles devenaient familières. Dans l'intimité de ses appartements, les appels vidéo lui permettaient de contempler, en plus de l'éclat de son regard, et le charme de son visage, la douce chaleur de son cœur, celle dont rêvent tous les grands enfants.

« Amar, mon frère, que t'arrive-t-il ? Tu as l'air rayonnant. Aurais-tu gagné le gros lot ? »

« On peut dire cela comme ça, je crois que je suis amoureux. »

« Alors bénis sois-tu. La chance te sourit enfin. » Rétorqua Mohamed. Puis il ramassa ses affaires, prit les haltères oubliés par le jeune Ottoman, et rejoignit le réfectoire pour le repas du matin.

Lui n'avait pas eu cette chance, pensa-t-il, à croire que l'argent ne permet pas tout. En dehors de sa mère, aucune femme n'avait eu jusqu'alors de sentiments pour lui, autrement que pour user de son confort. Il voyait bien que même parmi les filles de port, il n'intéressait pas les plus belles, juste les plus affamées, avaient le loisir de s'en accommoder. Il n'éprouvait pas de jalousie à l'égard de son ami, mais constatait cruellement que les femmes n'aiment pas les fruits gâtés, même lorsqu'ils sont les plus gros. Elles les débarrassent simplement de leur pourriture, pour, à défaut, les réduire à des pots de confitures.

Le petit déjeuner demeura, tout de même, très consistant. Il remplit plusieurs fois abondamment son plateau.

C'est dans ses débattements convulsifs que le condamné accentue l'étreinte de son nœud de pendu.

Voyant les haltères posés sur la table, près de son plateau garni, certains pensèrent de suite, mais sans grande conviction, que Mohamed avait décidé de se mettre au sport.

Il se leva finalement, repu des victuailles et de la scopesthésie, puis partit en direction de la salle de musculation, alimentant ainsi les propos gargantuesques de ses congénères. Il voulait juste rendre les attributs au lieutenant Turc, et, à cette heure-ci, il devait déjà les chercher.

Comme il est établi que les idées communes convergent souvent vers un même point, ce dernier partait lui aussi vers la salle de sport. L'un allait remuer la fonte, et se vider de la sueur, l'autre juste des haltères.

Lester, le chef mécanicien, remontait également vers le pont supérieur. Ils allaient logiquement se rencontrer dans le couloir. À l'image de Djibril, qui comme nous le savons, disposait de proportions physiques hors normes, les trois hommes étaient eux aussi très bien charpentés. Le croisement les obligeait donc à se serrer contre les parois, et à accepter, le temps d'un frottement, le contact de celui qui venait d'en face.

C'est durant ce moment-là que je décidai de changer d'humain. De la poche de Lester, je glissais dans celle d'Ahmet, remplaçant, pour l'occasion, le livret auquel il tenait tant.

***

4 : La salle de musculation.

Le jeune Anatolien m'avait posé sur une table, et commençait son échauffement. Mohamed frappa à la porte et entra avec les deux haltères, arrachant, pour l'occasion, un sourire à son agélaste confrère. Heureux de retrouver ses précieuses terminaisons, il les caressa tendrement, comme s'il accueillait ses enfants.

Le lieutenant Algérien visita le gymnase, étudiant chaque appareil et mesurant la difficulté. Le jeune Turc le suivait à la trace, en argumentant sur le sujet. Quel plaisir pour ce dernier, de pouvoir tel un mannequin, montrer sur son corps et pour chaque instrument, les muscles qu'il avait pu développer ? Mohamed restait admiratif, mais pensait qu'il paraissait présomptueux pour lui, d'en espérer autant.

« Combien de temps as-tu passé sur tes appareils, pour que tu en arrives à ce stade ? » Demanda-t-il ?

« Environ deux ans. » Répondit Ahmet.

Il sortit une photo de son portefeuille et la tendit à Mohamed. Il figurait dessus, à l'âge d'une vingtaine d'années, une tête identique, le même regard profond, la seule différence résidait dans ses proportions. Il possédait, à cette époque, un ventre bien plus redondant, et des muscles beaucoup moins saillants.

« Tu vois, c'est accessible à tout le monde, avec un peu de discipline. Si j'ai pu le réaliser, tu le pourras également. »

Ahmet attendit un peu que l'idée poursuive son chemin, puis avant que Mohamed ne se décourage, il le relança de plus belle.

« Quand peux-tu commencer ? Je pourrais t'aider, tu trouveras toutes les instructions dans ce livre, et je le laisserai à ta disposition. »

Le jeune Algérien n'hésita pas trop longtemps, après tout il pouvait essayer. Il convint, avec Ahmet, d'un programme d'entraînement, puis partit se reposer.

Était-ce le désir de tomber amoureux lui aussi ? Ou l'envie de ne plus être la risée de chacun ? Ou simplement la vision du relief musculaire d'Ahmet ? Toujours est-il, que je le sentais animé d'une certaine motivation.

Dès demain, il devra suivre les conseils avisés de son nouveau coach, un père en remplace un autre quand on en éprouve le besoin.

***

5 : Le squelette.

Ahmet se réjouissait d'avoir trouvé quelqu'un avec qui partager sa passion, et se sentait, honoré, d'être en quelque sorte un modèle. Mais il savait au fonds de lui que la raison était différente. Il retrouvait, en Mohamed, le jeune homme qu'il fut jadis.

Son physique, de type endomorphe, mettait en évidence la partie inférieure de son corps. De longues années sur les bancs de l'école, une mauvaise alimentation ainsi qu'une absence d'exercices réguliers, avaient contribué à développer son ventre et ses cuisses au détriment de sa poitrine. Sa timidité naturelle n'arrangeait rien, car il s'affublait d'une fâcheuse manie. Au moindre doute, il retranchait sa tête, dans les creux de ses épaules. « **A** comme Ahmet ! Aussi étroit en haut qu'il est large du bas. » Ainsi résonnait le slogan qui l'accompagnait d'une classe à l'autre, nourrissant, chaque jour, le flot de son introversion.

La tortue, quand elle rentre sa tête pour se protéger, se prive également de la vision du danger.

Comme elle, il ne voyait que sa peur, entretenant le moyen d'y échapper, plutôt que de chercher à y remédier.

Il n'existe pas de zone d'ombre qui le demeure à jamais, et c'est à l'université qu'il fut atteint de cette clarté.

Gizem avait posé les yeux sur lui, avec, dans le regard, ces rayons qui ne portent pas encore la chaleur de l'amour, mais sont dépourvus du blizzard de la pitié.

Durant cette dernière année d'étude, elle éclaira sa vie, illuminant ses nuits, de rêves d'enfant. Elle partageait, avec lui, les moindres instants de la journée, acceptant, dans les moments d'intimité, qu'ils mélangent leurs doigts.

En parlant de main, il lui avait juré d'aller demander la sienne à ses parents, et par la même occasion de leur présenter les siens. La tradition voulait que leurs créateurs discutent, des choses importantes qui échappent habituellement aux cœurs des enfants.

Le rendez-vous fut pris, et ils finirent par trouver, la famille Yildiz, dans le village de Kirköyü. D'apparence modeste, la maison détenait cette particularité d'afficher sur son toit, une bouteille retournée.

Cette autre tradition locale permettait aux habitants d'indiquer à l'entourage qu'une fille à marier résidait dans cette chaumière. Si la négociation devait aboutir, et que leur union se concrétisait, alors, ils briseraient, tout simplement le récipient de verre.

Ahmet s'était amusé de cette coutume, il avait même pris des photos. Sa joie fut de courte durée, Gizem avait beaucoup plu à sa mère, mais ses parents n'étaient pas musulmans. Leur fils méritait, selon eux, bien mieux qu'une belle famille de mécréants.

Alors ils s'en étaient allés, retournant à leurs saintes affaires, et faisant de leur unique enfant, un athée converti et surtout solitaire.

Une année d'armée pour le service obligatoire avait forgé son caractère et l'avait rendu plus que déterminé. Il regagnerait le village, et réitérerait sa demande en se passant, cette fois-ci, de l'avis de ses aïeux.

Il se revoyait devant la maison, constatant avec dégoût que la bouteille était cassée.

S'il avait pu s'opposer à ses parents au moment de leur décision, il résiderait en ce moment avec sa chère et tendre.

Dans le pays le plus laïque, des terres musulmanes, il avait perdu son amour pour une histoire de religion.

Alors, il renia les dieux et leurs obligations, et se maudit lui-même, pour sa faiblesse. Les yeux verts de Gizem ne l'éclaireraient plus de leur caressante lueur, aussi le regard d'Ahmet prit la teinte sombre des abysses profonds.

Il quitta son pays, embarqua, sur le premier navire, gommant de son esprit, l'existence de sa lignée, il occulta son passé puisqu'ils l'avaient privé d'avenir.

Aux commandes du bateau, par une nuit un peu trop noire, il se mit à penser que la fatalité constituait, pour lui, une vigilante escorte. Un morceau de verre cassé fut l'auteur de son malheur, tandis que pour le navire qui l'hébergeait, il avait célébré son baptême.

Là aussi, encore une tradition, qui préconise que pour conjurer le sort, une bouteille soit brisée sur la coque d'un bateau lors de sa mise à l'eau.

Absorbé par ses pensées lointaines, Ahmet en avait oublié ses exercices, il me saisit machinalement sur le rebord de la table. Je pris pour le coup, une apparence particulière, une photo de carapace de tortue, ornait ma couverture. Vue de haut, elle montrait les écailles bien agencées, presque aussi bien que des rangées d'abdominaux. Le culturiste caressa l'image, cherchant tel un aveugle, le relief de ces ocelles, et, curieux, m'ouvrit tout doucement. Je fis l'éloge de la fonction de protection, de l'os que l'animal développe autour de lui, lui assurant un abri face aux agressions de la vie. Puis je l'amenai lentement vers les exosquelettes des crustacés.

Il semblait troublé d'apprendre qu'un homard puisse quitter sa carapace lors d'une mue, et d'en fabriquer une plus grande un peu plus tard. Cela lui permettait, bien sûr, de disposer de plus d'espace, mais également de se débarrasser des métaux toxiques, qu'il avait ingérés auparavant et stockés durant sa phase de croissance. La sagesse de l'animal lui enseignait simplement que le passé, aussi nocif soit-il, doit être évacué, quand on atteint l'âge de raison.

Le fer par lequel on a souffert ne doit pas constituer le mur de notre prison.

***

En ce début d'après-midi, les vagues étaient de plus en plus hautes, et le navire tanguait un peu plus à chaque fois.

Animé d'un élan inattendu, Mohamed se dirigeait vers la salle de musculation. Les encouragements de son homologue Turc semblaient avoir eu raison de son inertie habituelle. Il avait revêtu, pour l'occasion, des chaussures et des habits de sport. Lors du déplacement, les balancements que provoquait la houle l'amenèrent à se heurter plusieurs fois contre les parois du couloir. Il sentait sa chair se tasser à chaque impact, évaluant la strate molle dont il s'était enveloppé au fil des jours.

Ahmet était déjà parti, mais il avait laissé le livre (pardon, je bafouille, je crois que j'ai le mal de mer), il m'avait laissé sur la table. J'étais resté ouvert à la page des crustacés, aussi le jeune Algérien pensa qu'il s'agissait de la première leçon.

Il me saisit délicatement, me retourna un moment pour regarder ma couverture, et passa sa main dessus tout doucement, évaluant la consistance du support.

Il fut, également captivé par l'histoire du homard. Il avait, comme beaucoup d'autres animaux, développé une ossature à l'extérieur de son corps. Elle assurait ainsi la double fonction, constituer la charpente et assurer la protection.

Mohamed avait, vous vous en doutez, des idées très précises concernant la chair de cet animal, mais dans un sursaut de discipline, il revint à sa première intention.

Il improvisa quelques mouvements, souleva des charges, essaya les appareils, et regarda lui aussi dans le miroir, si une soudaine transformation opérait. Il ruisselait de sueur et soufflait tel un bœuf en plein effort, mais sur son visage, on devinait les prémices d'une satisfaction. Ses membres lui faisaient mal, mais après tout, tant mieux, la douleur a cette exquise faculté de nous rappeler qu'on existe. Il sentait, peu à peu, ses muscles devenir plus durs, il construisait, maintenant, cette force de l'intérieur. Il avait, jusqu'alors, bâti sa carapace tout autour de lui, d'une enveloppe molle faite pour absorber les coups.

**

Chapitre 6 : Haute mer

1 : La tempête.

Il était déjà près de vingt heures et la tempête culminait.
Presque tout remuait sur le navire, à l'exception de Piotr, qui depuis quelque temps, ne quittait plus sa cabine. Djibril lui rendait visite toutes les heures, le forçant à boire un peu de soupe, servie dans un verre, pour plus de facilité. Le capitaine humectait les lèvres du liquide encore chaud, puis replongeait dans ses rêves.

Absorbé par les autres préoccupations, le second Ivoirien repartait inspecter le bâtiment.

Dans la salle des machines, il trouva Lester très excité. Ce n'était pas un problème d'ordre mécanique, chaque pièce était soigneusement huilée, et tintait harmonieusement.

Ce qui perturbait le Philippin, c'était le mutisme d'Angéla, et cette absence de retour à ses appels incessants. Normalement elle rappelait assez vite, au plus tard, une heure après, si une tâche importante avait retenu son attention. Mais depuis la veille, les habituelles envolées vocales, qu'elle déployait au téléphone, cédaient leur place au message du répondeur, « Je suis absente pour le moment ».

Le silence a cette fâcheuse vertu de réveiller l'imaginaire, à coup de fouet, bien entendu.

De plus, un chanteur, en l'absence de retour, se mettra, malgré lui, à chanter de plus en plus faux. Alors il frappait du pied, soufflait dans ses nasaux et se ruait à la charge, un peu n'importe où, esquivé de justesse, par ses collègues intrigués. On aurait dit un échiquier, où un fou à la poursuite d'une reine, renverse les pions qu'il est censé protéger. Visiblement Lester semblait perdre la tête, à la limite de perdre une case, et grand rock ou pas, le roi se mettait en danger.

Il redoutait le plus mauvais, qu'elle soit malade ou même pire. Il espérait qu'elle soit bien rentrée, ou même encore secourue. Il est vrai qu'un chien, même abandonné, s'inquiète, avant tout, de la santé de son maître.

Djibril, lui aussi avait connu le malheur, et il tenta de le calmer, mais comment éteindre un feu d'huile, l'eau n'y est d'aucune efficacité ? Plus on tente de rassurer quelqu'un qui s'inquiète, et plus on alimente le brasier de sa crainte.

Alors il s'approcha et lui dit simplement, « ça va aller Lester, soit fort, tant que tu n'as pas de nouvelles, rien n'affirme qu'il lui soit arrivé quelque chose. », puis il lui tapota le dos amicalement. Non Djibril ! Pas sur le dos ! Les piques du toréador lui ont déjà fait assez de mal.

Lorsqu'il atteint la salle des commandes, le second capitaine fut le témoin d'un autre spectacle.

Amar tenait la barre avec une énergie débordante. Les dernières discussions avec sa belle Sénégalaise arrosaient, d'une fraîche rosée, leur idylle naissante. Les premiers mots d'amour furent prononcés, et les écrans de leurs ordinateurs gardaient encore les traces de leurs baisers.

Éros permet aux cœurs de battre beaucoup plus fort, et aux esprits, les plus vieux, de se sentir plus jeunes. Les corps ne sont pas épargnés, l'adrénaline qu'il leur injecte, les dote de prouesses audacieuses.

Le lieutenant Algérien bravait la tempête, avec cette assurance digne de celle des skippers dans les quarantièmes rugissants. À la crête des vagues, comme dans le creux de celles-ci, il gardait, imperturbable, le cap vers l'île des Caraïbes.

Il ressemblait à un adolescent sur une montagne russe, fasciné par le déchaînement de tous ces éléments. Il n'oubliait pas l'enfant sur la digue, mais en ce monde, désormais, l'amour devenait son nouveau terrain de jeu.

« Tout baigne, j'assure ! » Dit-il à son capitaine qui venait aux nouvelles.

Ce dernier ne put que le constater, et repartit examiner d'autres secteurs. Il devinait que son lieutenant changeait, car il affichait tous les matins, un visage de gagnant. Il était content pour lui, apaisé de le sentir heureux, sans pouvoir distinguer vraiment les ressorts, de cette métamorphose.

***

2 : Johann.

Dans le couloir, au niveau des cuisines, Johann savourait tranquillement sa cigarette. Sa journée était terminée, et ses aides s'affairaient au nettoyage et au rangement.

Le repas servi ce soir-là, sans toutefois ressembler à celui d'un spartiate, fut d'un strict minimum. Les réserves étaient encore conséquentes, mais le tangage important du bateau n'autorisait aucune cuisson.

Personne ne s'était plaint, car tous avaient compris, que le temps pouvait parfois, rendre le menu incertain.

Entre deux morceaux de musique, il aperçut Mohamed. Les épaules hautes et la démarche sure, il portait un débardeur vert, et dans sa main, votre serviteur. Habitué à le voir réclamer de la nourriture, Johann lui mentionna gentiment que tout fut écoulé et qu'il ne restait plus rien. Mais le lieutenant portait une requête plus précise. Il demanda au cuisinier Jamaïquain de modifier son régime alimentaire. Il avait déjà, exclu le porc, de ses menus, il envisageait maintenant de devenir végétarien. J'avais, lors de ma mission, convaincu Mohamed, d'exclure les matières grasses et de rabattre son appétit sur des fruits et légumes. J'avais insisté sur la taille de la police, en mettant un grand « **M** » au mot matière. Super Mohamed, comprit de suite, que le message lui était destiné.

Il exposa ses intentions, avec une rigueur militaire, étayant ses arguments d'études nutritionnelles et de chiffres trouvés sur un tableau. Tant de calories par repas, et pas plus de kilojoules par jour.

Je finis, de ce fait, par être présenté au chef, et, pour l'occasion, je m'étais orné d'une parure végétale.

J'affichais un gros plan sur des semis de haricots, alignés au cordeau telle une portée musicale. Les grains étalaient des degrés de germination différents, évoquaient des notes qui trônent sur leurs hampes. L'éclosion des feuilles, à des stades, plus ou moins avancés, figurait, qui d'une blanche ou d'une double croche, la durée de chaque ton. Je ne sais quelle mélodie se jouait dans ce jardin magique, toujours est-il que j'attisais ainsi le feu de ses deux passions, la musique précisément, et, plus généralement, la culture. Tandis que mon cœur battait la chamade, je passai donc de la main ronde de Mohamed, à la noire de Johann.

Ce dernier caressa le carré de ma couverture, comme s'il lisait ma partition, et dans un soupir profond, répondit au silence du végétarien. « OK man, je vais gérer cela ! »

Il venait de finir sa cigarette, je sentais encore l'odeur du tabac sur sa peau, puis il libéra sa chevelure, et regagna ses appartements. Il n'avait pas besoin de composer un menu spécial pour le lieutenant, Tijil, non plus, ne mangeait pas de viande, juste à prévoir un peu plus de végétaux dans ses stocks, car ceux qu'il cultivait habituellement n'étaient pas destinés à ce genre de consommation.

Lorsque sur son lit, il parcourut mes premières pages, je lui contai l'histoire de ce jardinier, qui dut arracher les rosiers de son parterre pour y planter des légumes. Les enfants grandissaient, et devenaient plus gourmands, aussi la place dans le potager manquait cruellement. Il mit de côté sa passion pour l'horticulture pour subvenir à leurs besoins élémentaires.

On ne nourrit pas une famille avec des fleurs, surtout si elles sont dotées d'épines.

Vous vous en doutez, cette histoire parlait à Johann. Il avait, lui aussi renoncé à son violon d'Ingres. Il était l'aîné d'une longue fratrie, et ses parents avaient refusé qu'il devienne musicien.

Ils disaient : « Ces études sont chères, et l'avenir semé d'embûches, nous ne pourrons pas payer, et qui va nous aider ?»

Ce n'est pas seulement sur les roses que l'on trouve des épines.

« Un métier plus simple serait plus approprié, pour suppléer à ton père, et nourrir toute la lignée. »

Il aurait voulu chanter l'honneur de ses racines, dire haut et fort qui il était, comme une plante sort de terre, se charge d'eau et de soleil, et jusqu'au bout, offrira ses graines à l'humanité.

Faute d'apprendre la musique, il se contentait de l'écouter. Il battait, râpait, mixait, usant de sa batterie de cuisine, et fredonnant quelques sons dans une cadence plagale. Il ne put vivre de sa passion, vibrer tout en gagnant son pain, en conséquence il dut se satisfaire de cette besogne, un travail uniquement alimentaire.

Toutefois, la plus jeune de ses sœurs put intégrer le conservatoire, et même si le cor de chasse n'est pas un instrument que les Jamaïquains affectionnent particulièrement, le souffle qui sortait de ses poumons purifiait l'air de sa musique.

L'ainé est souvent celui qui supporte le plus de choses, il endure les privations que ses parents lui imposent et accepte la frustration de voir ses cadets se les faire accorder.

Ce fut une petite revanche sur la destinée, et puis les souches étaient sauvées.

Ses racines, justement, la Jamaïque ne demeurait à ses yeux, qu'une terre d'adoption, une aire où ces descendants d'esclaves demeuraient, faute de mieux.

Difficile, pour une plante, de quitter le pot dans lequel elle fut repiquée, elle y reste, malgré elle, en dépit du manque d'espace et de la négligence du jardinier. Il rêvait d'un retour en Éthiopie, la terre de ses ancêtres, mais comment faire quand elle reste si peu fertile, et parfois même polluée.

Il patientait donc, un jour il pourra saisir sa chance, une plante, même morte, conserve avec elle ses graines, en quête d'une nouvelle terre d'adoption.

Alors il arrosait, à l'abri du regard, ses arbres généalogiques, les taillait régulièrement comme un bon jardinier, collectionnait, dans son herbier, toutes les feuilles séchées, et consumait toutes les têtes, pour mieux s'imprégner du passé.

Il semblait indispensable qu'un jour cela cesse. Locomotive ou pas, tous les trains finissent par s'arrêter. Il y pensait souvent, mais que faire d'autre, quand pour pouvoir manger, on ne sait que cuisiner ?

***

3 : Moindzé.

Le lendemain matin, Johann trouva son second cuisinier vraiment très excité. Fatigué d'une nuit un peu trop courte, le jeune Comorien protestait au sujet des conditions inacceptables.

« Comment préparer un repas pour l'équipage, quand tout bouge sans cesse ? » En effet, la plupart des ustensiles, sans attaches, glissaient sur les plans de travail. Bloquer des couverts, ou même une casserole ? OK ! Mais qu'en est-il des liquides ? Dans la marmite, les fluides remuaient autant que l'océan était déchaîné.

« Hey man, que veux tu faire, porter plainte contre le temps ? On va faire de notre mieux, comme d'habitude. Cool man, cool. »

Le chef cuisinier avait l'habitude de ses sautes d'humeur, et chaque matin il calmait le jeune homme, de sa voix grave et profonde.

D'habitude on berce les enfants à la tombée de la nuit, leur racontant des histoires qui finissent toujours bien, leur permettant ainsi de surmonter la peur du noir, et par la même occasion, faire taire leurs démons.

Visiblement pour Moindzé c'était le contraire, les siens surgissaient dès l'aube, c'est à croire que la lumière, n'effraye plus autant le Malin.

En proie à des tensions internes, changeant constamment de position, on le voyait résister à l'énergie cinétique, conséquente au tangage du navire. Il mettait à contribution tous ses muscles, alternant les appuis d'une jambe à l'autre, s'accrochant, au besoin, à une pièce fixe, si les effets du roulis finissaient par prendre le dessus.

Le jeune homme avait, depuis toujours, dû lutter contre des forces antagonistes. Deux ans après sa naissance, ses parents musulmans se déchirèrent pour des divergences immatérielles.

Non pas qu'ils aient voulu divorcer, peut-être aurait-il mieux valu, mais, plutôt, car son créateur avait radicalement changé. Tout avait commencé par l'arrivée de ceux qui allaient devenir, les meilleurs amis de son père. Ils l'invitèrent souvent, lui réapprirent à lire, lui firent visiter leur royaume, et lui présentèrent les voisins des voisins. Ils l'encouragèrent vivement à agrandir le groupe. Il fut de plus en plus occupé, oubliant fêtes et anniversaires, et provocant bien entendu, la colère de la sainte mère.

Elle se méfiait de ces réunions entre hommes, cela finit toujours, en comité restreint. Elle disait d'eux : « Ils ressemblent à des insectes, vêtus pareil et marchant par deux, ils butinent d'une porte à l'autre. »

Du haut de sa tour de garde, il voulut initier son fils. Comment dire ? Lui passer le témoin, et partager avec lui les joies des sorties du dimanche matin.

Mais un veto fut immédiatement apposé, sa mère refusa catégoriquement et elle le répéta cinq fois dans la journée. Car c'est bien connu, les mamans sont des poules, et elles couvent très bien leurs enfants. Elle préconisa pour son fils, qu'il regarda dans une autre direction, qu'il mette tout à plat sur le tapis et qu'il se penche régulièrement, sur la question.

Visiblement le lien du sang semblait plus fort de ce côté. Le garçon suivit sa mère, mais sans aucune conviction. Son père tenta en vain de la persuader, d'entrer tous ensemble dans ce *Nouveau Monde*, un de ses amis vint corroborer ses propos, mais ses paroles restèrent définitivement bloquées, sur le marbre froid du pas de sa porte.

Moindzé avait grandi là, dans ce trou que ses parents avaient creusé, avec d'un côté son père témoin de Jéhovah et son esprit occupé, et de l'autre sa mère musulmane et son éternel air penché.

Juste après le petit déjeuner, le cuisinier Comorien retrouva Johann qui fumait dans le couloir. Ce dernier, terminait mon ultime page, et me fermât délicatement. Puis, comme s'il voulait éteindre le feu d'une probable plainte du jeune homme, il me tendit vers lui et lui dit calmement :

« Tiens, c'est une histoire d'espaces verts, c'est très relaxant. »

Moindzé me saisit doucement. Connaissant son goût pour le football, je pris une apparence plus sportive. J'avais changé ma couverture en conséquence, en un stade, près d'un jardin d'enfants. Un large trait médian, divisait la pelouse du terrain.

Il posa sa main sur moi, et caressa nostalgiquement ma photo, comme s'il tentait d'ôter de sa vue, cette ligne de démarcation.

Le service terminé, ils disposaient d'une heure environ, pour vaquer, selon leurs grès, à d'autres occupations. Le jeune sportif en herbe s'éclipsa vers un endroit plus calme. Il devait, pour me lire tranquillement, se tenir loin de toute agitation, et pour contrer les effets de la bourrasque, s'arrimer, comme dans un siège, on attacherait un enfant. Alors il se lova dans le creux d'une alcôve, mit de part et d'autre, de généreux coussins, et, dans une position quasi fœtale, plongea immédiatement en moi, son regard enfantin.

Je lui contais, dès les premières lignes, le sort, ô combien isolé, de cet homme. Il se distinguait des autres par l'aspect d'une part, et pour également les sons aigus qu'il produisait. Décrié, hué, maudit, il s'acharnait, malgré les apparences, à maintenir le calme, tout autour et, avant tout, en lui. Dans ces duels qui opposent les êtres, pour l'exclusive possession d'un ballon, il s'évertuait à rester neutre, et impartial dans le choix de ses décisions.

Si, aux égards de l'enjeu, les négociations évoluaient en physiques primaires, il virait en un instant au jaune, accompagné d'un hurlement strident.

Il arrivait également, quand l'action prenait le goût du sang, qu'il voit uniquement rouge, et évacue immédiatement, toute forme de tension.

Cet homme avait quelquefois des attirances, pour l'une ou l'autre formation. Mais si par malheur il péchait à manifester sa préférence, il provoquait aussitôt le déchaînement de la foule, et la houle de nombreux joueurs.

Il était condamné malgré lui à se faire oublier le plus souvent, à évoluer parmi les stars et ne briller que par son absence. Il se consolait, bien sagement, en se disant qu'après tout, même s'il ne partageait pas les honneurs, il dirigeait le match, qui que soit le gagnant.

Moindzé prenait, évidemment, conscience de la position arbitraire qu'il tenait. On ne choisit pas entre son père et sa mère, on décide seulement de ce que l'on veut devenir. Les modèles que l'on adule, comme un miroir que l'on se propose, entretiennent seulement le mirage, puis s'évanouissent soudainement.

On ne peut offenser ceux qui nous ont donné le jour, si notre unique pensée réside en une seule envie d'être.   Chaque enfant doit s'octroyer la prérogative du choix de son devenir, en dépit de la position de ses créateurs.

Je laissais au jeune homme, le temps de se recueillir, et terminais avec lui sur cette phrase de Lao Tseu. « *Qui est pur et tranquille devient le modèle de l'univers.* »

✳✳✳

4 : Tijil.

Comme autre arbitre de l'humanité, Tijil faisait figure de panacée, sauf que lui, vous l'avez deviné, manifestait des dispositions à supporter les règles. Il subissait les lois du jeu, et des traditions inhérentes au mariage, ternissant la réputation du fameux policier dont on l'avait affublé du surnom.

Chose étonnante, au demeurant, son prénom signifiait « celui qui domine les flots ».

Actuellement aux commandes du navire, au milieu de cette mer démontée, la périphrase qui le soulignait aurait parfaitement convenu au commun des mortels. Mais dans ce monde numérique, où presque tout est connecté, n'oublions pas les périphériques, de ce réseau très saturé. Ils constituaient à eux seuls, un raz-de-marée couplé de précipitation, perturbation, dépression, que le maitre des flots avait du mal à contenir.

L'arrivée, la veille, d'un message très important, lui indiquant l'imminente nécessité d'expédier expressément de l'argent, l'inquiétait bien plus que les flots déchaînés. Le lieutenant comprenait bien la situation, au point d'en partager chaque jour la douleur, sauf qu'il avait déjà tout envoyé à sa mère, à l'exception de quelques bâtons d'encens.

Il savait bien que ces derniers ne seraient d'aucune utilité pour les nécessiteux. Quand on est en attente et à l'aube du dernier cri, on ne peut se guérir de quelques futiles fumigations.

Tijil tenait fermement la barre, en fixant au loin l'horizon, soucieux de ne pas s'écarter du chemin, car si on dévie, même un tout petit peu, on finit vite par tourner en rond. Dans cet océan si vaste, si on se permet de décrire des cercles, en plus de l'argent, on va perdre son temps.

Même quand on se sent, isolé à l'extrême, le destin nous gratifie de quelques étincelles.

Moindzé venait de le rejoindre, dans la salle des commandes, lui apportant du thé fraîchement infusé.

Je ne sais pas pourquoi, mais ils évitèrent tous les deux de parler ni du pays ni de la famille. Ce fut étonnant pour le coup, car en période de difficulté, on revient instinctivement au passé.

Sans doute car ils venaient tous les deux de l'océan Indien, ou la passion qu'ils partageaient pour les joies de l'arbitrage, je préfère penser que le jeune Comorien voulait, par ce geste, célébrer ses premières expressions positives.

La place appartenait maintenant au futur. Moindzé lui dit qu'il avait fait le point, et que désormais il allait prendre en main son destin. Il ne s'occuperait plus de ce que les autres veulent ou ne veulent pas, il vivrait pour lui et regarderait uniquement devant.

Regarder devant lui, Tijil ne faisait que ça. À croire que sa vie, comme sa vue, était jalonnée d'ornières. Il encaissait tout depuis son enfance (c'est une image seulement), sans manifester la moindre réaction. Comme Djibril il n'avait plus de père, et dut alimenter sa famille, mais de son chef il n'avait pas la carrure, ni l'humour pour le soulager. Dans son malheur, le second capitaine avait perdu ses proches, mais il s'était également affranchi de son inquiétude envers eux. Il était difficile de penser cela, une famille c'est bien trop important. Elle est sacrée, partout dans le monde, en Inde elle l'est, visiblement, beaucoup plus, si on se réfère à la démographie.

Moindzé sentit qu'il serait préférable de le laisser seul, ce genre d'homme se nourrit de calme et de silence. Il me déposa doucement sur le pupitre, et retourna préparer le menu du jour.

Le lieutenant Sri Lankais détourna, toutefois, son regard vers moi. Reconnaissons aussi que j'y avais mis les moyens.

Un magnifique banian trônait sur ma couverture, cet arbre sacré que les bouddhistes vénèrent. Les branches aériennes de ce végétal deviennent des racines à leur tour, dès lors qu'elles touchent le sol. Le processus se répète, à l'infini, constituant une trame solide et évolutive.

Cette image illustrait parfaitement l'idée d'une famille unie, où la plante essaimait ses rejetons tout en gardant un lien physique.

Elle plut à Tijil et il me saisit aussitôt, telle une bouée à laquelle on s'accroche, quand on a vraiment peur de couler.

Il posa sa main sur ma peau, et caressa mon image, comme s'il voulut chasser d'un seul coup, les parasites du feuillage.

De retour dans sa cabine, quand son quart fut terminé, Tijil s'allongeât sur son lit un moment, en quête de sérénité. Ni encens ni musique, juste le bruit des vagues et des moteurs, mais, j'entendais, aussi le battement de son cœur.

Le pauvre homme avait gardé ses mâchoires serrées toute la journée, tout en s'efforçant de garder le sourire. Les traits de son visage gardaient l'empreinte de cet effort, deux sillons bordaient l'horizon de sa bouche, comme deux larges parenthèses. La balle de golf qu'il avait maintenue dans ses mains, avaient dessinée sur les paumes, deux cercles rouges sous l'effet de la pression. On aurait dit deux drapeaux Japonais, ou plutôt des taches de henné. Il est de tradition d'orner les paumes des mains de cette poudre colorante. On applique cela pour conjurer le sort, ou pour les futurs mariés. (Je pense qu'il ne va pas me croire si je le lui dis.)

Dans les premières lignes qu'il parcourut, je lui fis l'éloge de l'arbre millénaire, capable de coloniser plusieurs hectares, et ceci à partir d'une graine de figue. Déposée là par un oiseau, elle émettait des racines aériennes, jusqu'à ce que cet épiphyte forme ses tiges en touchant terre.

Tijil commença à imaginer la végétation luxuriante, les fleurs, les fruits, les abeilles et les oiseaux, tourbillonnant dans cette jungle abondante. Il aimait se sentir entouré de ses proches, avoir l'impression de se sentir moins seul. Il rêvait d'une grande famille, où le miel coulerait le long des lianes fraternelles, où chacun serait pour tous les autres, solidaire, et qui, à l'image de cette forêt, constituerait un refuge.

Je n'oubliais pas de préciser, pour ne rien omettre, que cette famille de figuiers est de type étrangleur. L'arbre hôte, qui l'avait tout d'abord hébergé, finissait par mourir étouffé.

J'ai de suite, senti que je touchais la corde sensible, et sensible, il l'était, au point de perdre l'appétit. Surtout, frêle comme il l'était déjà, un régime n'était pas du tout indiqué. Sa glotte proéminente s'anima d'un élan soudain et ses mâchoires se refermèrent vigoureusement, tel un étau sur un morceau de bois.

Aussi je changeais de sujet, tout en restant dans la végétation, lui apprenant l'art et la manière, de la taille et de l'élagage.

Pour la première, j'insistais sur l'ablation partielle ou totale des ramifications. Il pourrait ainsi conserver, à l'arbre, une forme déterminée, et maintenir une croissance suffisante pour assurer le développement de la plante.

Pour ce qui se rapprochait de l'émondage, cela concernait surtout les branches mortes, inutiles ou nuisibles. Dans tous les cas il s'agissait de couper ou de supprimer, et, sans vouloir transformer ce végétarien, en serial killer organique, j'ai senti, à la fin de la lecture, que sa sève remontait vigoureusement.

Il comprenait maintenant, qu'un arbre, aussi riche soit-il, et dont sa résine, produirait le meilleur des encens, ne pouvait supporter éternellement, et sans que ses branches s'inclinent, le poids de toutes les traditions. Et puis si une de ses sœurs, venait à être répudiée, car les fruits quelle porte, ne suffisent au mari, il oserait alors une greffe, quitte à bousculer les convenances.

Sur ces positives pensées, Tijil se releva, il était déjà l'heure du repas et son estomac commençait à grogner.

***

Chapitre 7 : Eaux profondes

1 : Plus de nouvelles.

Après le repas du soir, l'équipage ne voulut pas traîner, pas de karaoké, ce soir, les conditions ne s'y prêtaient pas. Le navire remuait de toute part, et Lester n'avait plus envie de chanter.

Pas de nouvelles, bonnes nouvelles. Peut-être, mais que dit-on quand il n'a plus de nouvelles ?

Son imagination avait exploré chaque compartiment libre, mais sa crainte occultait immédiatement cette case, de peur de voir le fou resurgir. Ses hommes autour de lui tentaient, à distance, de canaliser l'ardeur et la plainte de la bête, sans être en mesure d'ôter les banderilles de son échine.

Plus le silence est lourd, et plus on essaie de s'extraire de ses griffes. Si la sagesse encourageait plutôt à demeurer immobile afin d'éviter de voir ses flancs pénétrés par ces phanères acérés, la passion vous contraint à braver les lames de chitine, quitte à endurer les douleurs de ses plaies.

Le chef mécanicien n'en pouvait plus d'attendre, il hurlait tel un forcené.

On retrouve quelquefois ce comportement étrange chez les bovidés, probablement des démangeaisons dues à la présence de parasites au niveau des cornes.

Pour Amar, c'était une autre forme d'excitation, depuis qu'il gagnait tous les soirs en ligne, l'heure n'appelait plus à la privation. Ses ongles repoussaient sans aucun problème, et affichaient une soudaine expansion, depuis qu'ils ne craignaient plus la venue de ses dents.

Il s'affichait maintenant en couple, étalait chaque moment de sa vie passée, invitant sa belle à en faire de même, ce qu'elle fit sans aucune retenue.

Elle parla de son histoire, et de celle de son frère, il était donc nécessaire de faire preuve de discrétion.

Enfants d'un premier lit, elle partageait le même père avec Alem, mais ce dernier, lors de sa naissance, avait failli perdre la vie. Le cordon ombilical, enroulé autour de son cou, l'avait empêché de quitter sa mère, et condamné à se noyer. La providence avait décidé qu'une sage-femme passe, à ce moment-là, dans le village, et qu'elle arrive à l'extraire, donnant à la maïeuticienne un véritable statut de magicienne.

« C'est quelqu'un de très sensible. » Disait Fatou à propos de son frère. « De très sensible aux échecs, et, a besoin d'être entouré d'amis pour se sentir en sécurité. Je pense que, suite à son arrivée difficile, nous l'avons un peu surprotégé, et cette expérience constituera pour lui, un excellent baptême. »

La jeune femme avait également trouvé en Amar, la personne susceptible de veiller sur son frère, quelqu'un qui puisse prendre le relais.

Il répondait présent ; que n'aurait-il pas fait pour elle ? Mais il travaillait déjà sur d'autres plans, où il pourrait aussi veiller sur elle.

Il avait demandé à Abedi d'emménager dans une cabine différente, désormais il avait besoin d'intimité.

Le jeune Sénégalais ne se fit pas prier, car la sexualité de groupe ne vaut que si l'on peut participer. Il avait regagné les appartements de Mohamed, qui lui avait cédé un peu de place, ainsi que l'ensemble des graines oléagineuses, assez pour transformer Abedi en rongeur.

Ahmet se trouvait déjà aux commandes, et son esprit semblait serein. On l'avait vu, plusieurs fois, sourire dans la journée. Les cas ne sont pas toujours désespérés. Les haltères ne l'accompagnaient plus, il les avait confiées à Mohamed, estimant à juste titre, qu'il en avait sûrement plus besoin.

Le homard avait, semble-t-il, effectué sa mue, et abandonné sa carapace, celle qui, bien qu'elle soit très dure, avait fini par l'emprisonner. Il en confectionnait une de nouvelle, plus spacieuse et moins lourde à porter, il la voulait plus discrète, pour ne plus avoir à l'exhiber.

Une chose à souligner quand même, c'était assez particulier, nous voguions vers les Caraïbes, mais c'est en Turc que nous l'entendîmes chanter. Une vieille chanson sans doute, elle parlait de jeunes amants, un truc comme Roméo et Juliette, mais dans le langage Ottoman.

Même pour un mariage impossible, et les suicides de ces jeunes amants, il avait appris à en rire, et le formulait en chantant.

Alem se retranchait avec ses amis dans le dortoir, l'agitation de Lester et du navire, les inquiétait énormément.

La terre promise qu'ils espéraient trouver risquait de leur coûter plus que prévu. « À quoi bon avoir quitté notre pays si c'est pour couler en pleine mer ? » Disait-il à ses confrères, ces derniers, tentaient, eux aussi, d'atténuer sa crainte.

Amar venait le rassurer de temps en temps, ainsi que pour apporter son soutien au Philippin, maintenant qu'il ressentait ce que l'amour peut donner à un homme, il pouvait également, mesurer la morsure de son chagrin.

Tijil entamait sa digestion et repensait à la ruche de sa famille. Il était temps pour lui de quitter le rang des ouvrières. Il allait en devenir le chef, et décider de son orientation. Il s'était jusqu'alors enfumé lui-même, à coup d'encens et de naïveté, se laissant déposséder de son miel, jusqu'en oublier de se marier.

Pour un problème compliqué s'imposaient des solutions drastiques, alors, cet arbre généalogique, il allait le réduire. Tout ce qui n'est d'aucune utilité, ni agréable à la vue sera taillé et transformé en compost. Il en va de même pour les parties trop gourmandes en sève, elles finiront dans la biomasse.

Les déchets et autres moisissures, mélangées au fumier, pourront, avec l'aide du temps, constituer un excellent terreau pour son expérience.

Habitué à se contenter de peu, et cultivant depuis toujours son attitude zen, le végétal qu'il s'imaginait prenait peu à peu l'allure d'un minuscule bonsaï.

Un tronc (un peu longiligne) sur une souche pas trop sèche, et trois branches qu'il espérait voir porter des fleurs.

Il est des rancœurs qui resurgissent après avoir été trop longtemps étouffées, mais comment faire avec les siennes, il en avait tellement refoulé ?

Il revint donc à ses bonnes habitudes, en privilégiant la méditation, afin de chasser toutes mauvaises pensées et acquérir plus de sérénité.

Il alluma une baguette et se mit à réciter quelques incantations. Il n'oublia pas de remercier, en le citant dans ses élévations, la venue de Moindzé, son fidèle compagnon. Il pria très fort pour lui, pour son soutien, sa béquille, car c'était surtout grâce à son ami, qu'il allait maintenant choisir sa famille.

Djibril frappa à sa porte, interrompant son oraison, puis il entra à l'invite de l'hôte, pour une petite suggestion.

Le capitaine avait comme vous le savez, un œil en permanence sur ses subordonnés. Il devinait, au moindre regard, l'humeur de l'intéressé. Il venait donc ce soir, connaissant les problèmes du lieutenant, proposer une aide financière, pour répondre aux urgentes nécessités.

Le jeune Sri Lankais, remercia son supérieur chaleureusement, il le citera lui aussi dans ses prières. Les besoins étaient déjà comblés, de branches mortes et de traditionnels déchets.

Je sentis que Tijil pouvait désormais se passer de moi, je me glissai donc dans la poche de Djibril, rassuré qu'il ait pu enfin chasser les parasites de ses branches, ainsi qu'à apprendre à dire non.

***

2 : Piotr.

De retour vers le pont supérieur, Djibril fit une petite halte, Ahmet chantait de mieux en mieux, son passé semblait donc moins douloureux.

Toutefois, le capitaine voulut, avant d'aller dormir, rendre visite à Piotr et s'enquérir de son état. Il s'assit à son chevet et, en guise de conversation, lui établit un rapport de la situation. Il demeura relativement sommaire, étant donné les circonstances, l'homme atteignait un degré avancé, de somnolence. Il indiqua leur position, somme toute particulière, vu qu'ils naviguaient en ce moment, au-dessus de la fosse de Porto Rico.

« C'est l'endroit le plus profond de l'Atlantique », précisa le second Ivoirien. Il avait dit cela, comme s'il voulait lui raconter une histoire, combler un vide, ou bien tuer le temps. Mais plutôt que de l'endormir, les effets s'avérèrent contraires, et le capitaine Polonais manifesta plus d'attention.

Il m'aperçut, dépassant de la poche, et tendit son bras en me montrant du doigt. Étonné de me trouver là, Djibril m'avança jusqu'à lui, puis retourna dans ses appartements. J'affichai, en guise de devanture, l'entrée d'une caverne sombre. Piotr me saisit de sa main tremblante, et caressa ma couverture comme s'il cherchait quelque chose à l'intérieur. Puis il m'ouvrit craintivement.

Je lui narrai une histoire mythologique au cours de laquelle, le fils d'un dieu fut dissimulé dans une caverne, pour échapper à l'appétit insatiable de son père. Allaité par une chèvre, et bercé du chant des nymphes, il grandit, jusqu'à sa maturité, à l'abri du temps. À l'âge adulte, il détrôna son créateur et devint le Dieu des Dieux. Le capitaine Polonais semblait captivé par l'enfance de Zeus. Cette histoire, somme toute classique, résonnait en lui comme l'écho d'une pierre jetée dans un puit sans fin.

Les profondeurs, c'était sa bête noire, depuis toujours il en avait eu peur. Bien sûr, il en connaissait la cause, elle remontait à son enfance, et ce fut là aussi une histoire de père, ainsi que de souffrance.

À la fin de la Seconde Guerre mondiale, quand la Pologne fut délivrée, elle passa d'un souteneur à l'autre, sans aucune impunité. Son père, enrôlé de force, par les précédents envahisseurs, connut le même sort, dès que pays fut secouru. Il avait servi dans une mine allemande, il semblait donc évident, qu'il creuse désormais, du côté de l'Oural. Le seul hic, dans ce transfert de compétences, c'est qu'il ne vit jamais son fils. Il avait juste, avant de partir, déposé sa semence.

Comme sur un coup du sort, ou un coup de tonnerre, un coup de grisou mit fin aux jours du père. Les autorités prévinrent sa mère, comme c'est le cas habituellement, une vingtaine d'années plus tard, de ce terrible accident.

Piotr avait déjà grandi bien sûr, comme tous les enfants, mais avec d'un côté le vide, et de l'autre sa maman. Comment être un dieu, quand on n'a même pas connu, son père, et comment pourrait-on l'être, au milieu de ce néant ?

Une plante peut se développer, si elle est solidement ancrée, mais si on lui brûle ses racines, elle va vite se pencher.

Si certains ont le mal de mer, lui, c'était celui de la terre, alors il quittât son pays à jamais, pour aller là où il y a moins de ressources minières.

Grandir avec un seul parent, c'est comme marcher à cloche-pied, et même avec la meilleure volonté, la trace qu'on laisse sur notre passage finit par dessiner un cercle. De plus, boiter sur un navire, cela donne un air de pirate, surtout avec une bouteille à la main. Mais il demeurait un corsaire sans trésor, car le sien était enterré, et à quoi bon le chercher, puisque la carte avait brûlé.

L'orbite que décrivait la vie de Piotr prenait l'allure, d'un vortex, qui l'aspirait inexorablement. Le courageux capitaine l'affrontait en ouvrant les yeux, le fixait sans crainte et l'adopta finalement. Il savait même le reproduire chaque fois qu'il vidait une bouteille.

Dans le chaos de son existence, il avait tout de même fait de son mieux, et ceci dans beaucoup de domaines. Dieu des mers, il avait navigué comme nul autre avant, Dieu des voyages, il avait accompli plusieurs fois le tour de la terre, Dieu de la chasse, il excellait pour la capture du gibier. Mais chez lui, le Dieu du vin était également le Dieu du feu, et ils alimentaient le brasier, jusqu'au bout de ses intestins.

Voulait-il se détruire comme avait brûlé son père, ou reproduire en lui le drame de son passé ? Il élevait sa température abdominale, d'autant de degrés que la vodka le lui permettait. Aucun répit, pour ses entrailles, aucun recoin ne fut oublié, maintenir une chaleur uniforme, puisque son père n'avait connu que des armées.

Les arcanes du mimétisme et de l'identification restent encore à nos yeux, un mystère.

À un moment, je me suis dit, en lisant dans ses pensées, que la raison semblait autre, comme s'il voulait s'assurer qu'il n'aurait pas de descendance. Une forme de suicide, mais pour sauver l'enfant qu'il aurait pu avoir. Quand on a trop de douleur dans son ventre, on craint forcement qu'il puisse en hériter.

Justement puisqu'on parle de descendance. Il avait également tenté de devenir le Dieu de l'amour, choyant son épouse comme un bon amant, mais les Dieux du feu et du vin s'y opposèrent, trop de cumul de mandat, pas assez de temps. Alors elle s'en alla un jour, dès que le rideau fut levé, voir si l'amour et l'eau fraîche n'étaient pas plus indiqués.

***

3 : Djibril.

Au matin, je me trouvais à terre, j'avais glissé durant son sommeil. Je suis désolé, j'ai mal à la tête, je pense que c'est la gueule de bois. J'ai supporté jusque tard dans la nuit, les vapeurs alcoolisées, qui m'ont complètement enivré. Je ne sais même plus ce que j'ai pu écrire, et j'ai honte de ce passage de ma vie.

La tempête commençait à faiblir, mais mieux valait rester vigilant. On ne peut pas lésiner, avec les caprices du temps.

Les pas de Djibril résonnaient sur le sol, il entra puis me ramassa. Piotr dormait à poings fermés, il avait eu du mal à s'assoupir, bien que fatigué par la lecture, c'est sûrement dû aux souvenirs. Il ne semblait pas disposé à absorber de petit déjeuner, du coup le second repartit, avec votre serviteur dans ses mains.

J'en profitais pour, vite, finir ma toilette, et modifier ma couverture, il m'avait pris au dépourvu, moi je ne suis pas trop du matin.

Je ne m'en tirais pas trop mal, beaucoup de lettres dans tous les sens, je trouvais cela original, un casse-tête pour adolescent.

Djibril revint au réfectoire, déposa le plateau-repas, et lança aux cuisiniers en plaisantant : « Un grand noir pour moi, bien costaud s'il vous plaît. »

Il avait l'air en forme ce matin-là, la tempête qui faiblissait peut-être, ou l'arrivée prochaine à Porto Rico, seul l'avenir nous le dira. Il s'installa à une table et me déposa machinalement sur le rebord. Puis, troublé par ma présence, il ramena son regard sur moi.

C'est fou comme on peut transporter autant de choses, sans même avoir conscience de leur existence.

Il me saisit entre ses grandes mains, caressa ma photo comme s'il voulait remettre tout à l'endroit, puis m'ouvrit très intrigué. Je débordais d'énigmes, jeux de mémoire, de puzzles et de labyrinthes.

Ceux, où il convient de retrouver son chemin.

Ceux, dont le but consiste à disposer les mots dans le bon ordre, pour que la phrase reprenne tout son sens. Il y en avait à profusion, et en général, les enfants à partir de dix ans se délectent de ce genre d'exercices. J'avais l'air de l'intéresser, il est stimulant de relever des défis, même si en apparence, j'étais destiné aux adolescents.

Le café fut servi sur la table, mais ses yeux restaient fixés sur moi. Qu'y a-t-il avant cette étape, et avant elle qui va là ?

Djibril avait posé sa tête sur son bras et calé son menton dans sa paume. Ses gros doigts balayaient tranquillement sa joue, tapotant quand la solution se faisait rare. Plongé sur l'exercice, son regard perdait la notion du temps, concentré uniquement sur l'espace, et sur l'objet de son problème.

Parfois, il relevait la tête, cherchant ailleurs le dénouement, mais la lueur des luminaires ne lui apportait aucun soutien.

C'est dur de remonter le temps, surtout si on tente de l'oublier, mais, franchement, rien de tel pour savoir où cela a débuté.

Le café fumait encore, mais commençait à tiédir, impossible, de quitter mon labyrinthe, sinon il va perdre le fil.

Le second capitaine pinçait ses lèvres, et suivait du bout de l'ongle, l'itinéraire le plus sûr pour parvenir jusque-là. Celui-ci n'est pas praticable, il lui faut rebrousser chemin, et à ce carrefour, où aller ? Quelle est la meilleure trajectoire ? Tout semblait très sinueux, mais il va y arriver, ce n'est tout même pas celui de Compostelle, ni la route de la soie.

Difficile de retrouver son chemin, quand tous les chemins se ressemblent. Il n'y a aucun repère, ni devant ni derrière, alors il les teste tous, mais c'est sûr, c'est épuisant.

Le café demeure encore tiède, mais il n'y a plus de fumée, mais pour ce puzzle-là, il ne peut pas abandonner, chaque pièce reste identique, et si différente à la fois, seulement deux côtés s'imbriquent, mais il doit commencer par quoi ?

Djibril fronçait les sourcils, il avait mal à la tête, mais ne voulait pas céder, il va les regrouper par famille, pour pouvoir les associer.

On a pour principe de dire qu'il est salutaire de combattre le mal par le mal, pour ce qui est de l'addiction, celle-ci devenait totale.

L'ensemble de l'équipage, ne le voyant pas arriver, s'inquiéta outre mesure, et vint le retrouver.

Alors Djibril but son café froid, on ne peut nier que le café, ça réveille. Il rassura tout le monde, de ce moment d'égarement, qui l'avait ramené à l'enfance, tout en l'amusant.

Revenant à ses obligations, une cohorte de solutions envahirent ses pensées. Des lampadaires s'allumèrent, éclairant les passages qu'il n'avait pas eu le temps d'emprunter. Ces plaines fraîches qu'il aurait pu parcourir au printemps de sa vie, humant chaque fleur au parfum enivrant, s'étaient dérobées à son attention.

Il avait sauté une étape, celle, durant laquelle il est normal de jouer. Propulsé trop vite du berceau à l'âge adulte, pour subvenir aux besoins de sa famille, et avant même qu'il exulte, il avait connu le chagrin.

Les rires qu'il provoquait autour de lui d'une manière si naturelle s'adressaient avant tout à lui, pour animer son jardin d'enfants. Mais la jeunesse n'est éternelle que si l'on passe le relais, donner la vie c'est revivre, mais ça aussi il l'avait oublié.

***

4 : L'estocade.

Le dernier à rejoindre le groupe fut Lester. Il affichait une mine sombre, et les épaules abattues. Personne n'osa s'approcher de lui, ils connaissaient ses réactions, ce n'est pas le moment de subir une ruade, les bêtes blessées sont, souvent les plus dangereuses. Il s'installa dans un coin, juste un café devant lui, en tenant son téléphone, qu'il tripotait sans répit.

Djibril le rejoignit à la table, et assit en face de lui, il connaissait ces regards étranges, qui ne croient plus à la vie. Ce n'était pas le moment de plaisanter, mais plutôt d'agir, car le matador allait donner, l'estocade pour en finir. Il saisit ses mains sur la table, pour le soulager de sa peine, comme une batterie que l'on pince, dans le but de la recharger.

L'homme pleurait comme un enfant, celui qu'il ne pourra plus avoir, vu qu'Angéla l'avait quitté, pour rejoindre son amant. Elle disait dans son message, qu'elle partait vivre aux USA, suivre l'ami de son frère, un très généreux Américain. Ils allaient se marier, et sûrement avoir des bébés, ou en adopter s'ils ne pouvaient pas, un enfant reste tout de même un enfant.

Elle ne regrettait pas de l'avoir connu, car il lui avait tout apporté, mais elle, elle en voulait plus, et n'oubliait pas de le remercier.

Le Philippin repensait, abattu, à tous ces efforts produits pour rien, tout cet investissement perdu, parce que le mieux est l'ennemi du bien.

Dans l'échiquier de sa vie, Lester semblait avoir échoué. Il avait mis en avant ces plus belles pièces, pour permettre à sa reine d'évoluer librement. Même le fou qu'il est devenu ne put contrer l'attaque venue de son dos.

Le roi qu'il fut était mat, et pas seulement de peau, car le mouvement qu'entreprit le cavalier blanc, lui permettait, d'un seul coup, de le neutraliser et s'emparer de la reine.

Il n'en voulait pas au cavalier, ni même à la reine, encore moins à la tour de son beau-frère(ex), qui devait la garder, mais lui laissa un chemin. Il s'en voulait surtout à lui-même, il avait voulu se prendre pour un roi, elle l'avait juste pris pour un pion.

Il songeait à mettre fin à ses jours, débrancher la machine et le juke-box, puisque la partie était terminée. Il n'aurait plus besoin d'écouter la musique. Un taureau sans oreilles et sans queue ne vaut plus rien, sinon pour finir dans une marmite. Pour qui, allait-il chanter maintenant, puisqu'elle ne l'entendrait plus ?

S'égosiller entre hommes cela reste stérile, car les chansons d'amour, ils ne les apprécient pas. Elles comportent trop de dièses, ou trop de bémols, et les accords parfaits demeurent difficiles à composer. Puis si les mineurs ne se font pas reconnaître, quand qu'ils veulent appartenir aux chœurs, ils se retrouvent appauvris, par les solos majeurs. Et même si, dans un duo, la mélodie finit, par plaire, il suffira que l'un d'eux veuille l'enrichir d'une mauvaise tierce, pour briser l'harmonie, et leur endommager la voix.

Finis, les voyages avec elle, finis, la nouvelle vie. Le frère qui veillait sur elle, et devait la protéger, a présenté la personne qui a fini par l'enlever.

Alors, visiter Porto Rico, il y pensait toujours, mais seulement une église, et seulement l'intérieur, d'un simple cercueil en bois.

C'est dans ces moments intenses, où la vie ne tient qu'à un fil, que les liens invisibles se tissent, comme la toile d'une araignée.

Même privés de l'intuition féminine, les hommes ressentent tous, les profondeurs de l'abîme. Alors ils se rapprochèrent un à un, formant un anneau autour de lui, et posèrent une main comme une offrande, apportant leur modeste contribution, au regain de la vie. Dans cette omerta tacite, où à la peine s'ajoutait la honte, tous gardèrent le silence, car les discours n'en disent pas plus long.

Ils lui prouvèrent ainsi, au regard de cette union, qu'il pouvait même sans chanter, rester leur pôle d'attraction.

***

Chapitre 8 : Le port du Nouveau Monde

1 : Adieu.

Comme ils s'approchaient de la côte, les cris des goélands retentissaient, rien de surprenant en somme, si ce n'est un cas particulier. Volant à l'avant du navire, au milieu des laridés et de leurs plaintes sonores, croassait un grand corbeau noir. Il déployait ses ailes avec des gestes majestueux, le distinguant de la masse, autrement que par sa couleur. Profitant des mouvements que provoque le vent chaud contre le navire, il se maintenait en l'air près de la cabine en la fixant, puis repartait vers l'avant comme s'il voulait indiquer une direction.

Un marin Philippin qui traînait dans la salle des commandes parla du triangle des Bermudes, et de cette région maudite. Les signes de croix et les prières récitées à la hâte attestèrent de son désarroi face à cet horizon lugubre.

Devant ce funeste présage, Amar appela Djibril aussitôt, car il redoutait le pire, comme nous l'avons vu plus tôt. Le second Ivoirien se hâta de rejoindre la salle des machines, avec la peur au ventre, et la foulée facile.

Le chef mécanicien se tenait raide et droit, immobile, appuyé contre un tuyau froid. Une longue chaîne fixée au plafond, à un profilé métallique, pendait, bien tendue.

Son visage avait retrouvé la sérénité d'antan, impassible, dénué de tourment. Son regard vide semblait fixer devant lui, la passion qui l'habitait depuis toujours, et qu'il ne le quitterait plus. Il avait dépassé ses problèmes, oublié cette histoire de cœur, alors il guidait ses matelots, pour le remplacement d'une pompe défectueuse.

À la vue de son supérieur, il s'empressa de l'accueillir, le remerciant vivement de son soutien. Il lui disait que la vie doit se poursuivre. Tout bien considéré, les femmes il n'en manquait pas, chaque port en regorgeait, alors il ne désespérait surtout pas. Après tout, il n'était pas mort et qu'il allait continuer à chanter. Il louait le Seigneur de lui avoir ouvert les yeux, même si la douleur lui avait brisé le cœur. Puisque sa destinée ne serait pas celle d'un grand roi, celle d'un petit prince, lui suffisait amplement.

Le souffle long et chaud du second capitaine jaillit d'entre ses lèvres comme un geyser, et se mêla aux vapeurs du compartiment. Pour le coup, c'était lui que l'on pouvait qualifier de cocotte-minute.

Remis de son émotion, et pour relâcher la pression, il profita de l'occasion pour lui glisser une petite boutade. « Lester, ta nouvelle chanson, ne serait-ce pas *I will survive* ? »

De retour vers le pont supérieur, il s'arrêta devant la cabine de Piotr. Ils arrivaient au port et, signature oblige, les documents de bord devaient être présentés paraphés.

Il frappa doucement comme d'habitude, puis entra visiter son aîné. Il n'avait pas bougé depuis le matin, et l'horloge affichait déjà neuf heures. Djibril appela le vieil homme, puis comme aucune réponse ne venait, il posa sa main sur son épaule et le remuât doucement. Le corps de Piotr resta insensible aux secousses, aucun souffle ne jaillissait d'entre ses lèvres, et le pouls filait le calme plat. La vie semblait avoir décidé de le libérer de son étreinte.

Le second capitaine ferma délicatement ses paupières, et, récitant une prière, lui mit les bras en croix. Il se recueillit un moment, le temps de sécher ses larmes, reprendre ses esprits, car il lui incombait maintenant d'annoncer sa mort au reste de l'équipage.

Même, si la différence d'âge demeurait minime, il avait hissé Piotr au rang de second père, celui qui l'avait aidé à s'élever, quand face aux hommes, Djibril ne voyait en lui qu'un orphelin.

Certes, depuis un certain temps, il brillait tout comme le vrai, par son absence, mais lui, avait eu le mérite de lui prouver son existence. Djibril s'était, jusqu'alors, substitué à leurs tâches, et pour les deux il avait témoigné d'un profond respect.

Il est douloureux de perdre la famille dont on hérite, le manque creuse des fosses impossibles à combler. Mais on souffre tout autant pour celle que l'on choisit, quand un joker disparaît, le « je » devient beaucoup plus compliqué.

S'il n'avait pu se hisser à la hauteur du dieu des Dieux, il en demeurait tout de même, un ersatz de père fabuleux. Il fut son seul capitaine. Lors de son baptême des mers, dans le port d'Abidjan, Piotr officiait déjà sur ce bateau comme lieutenant.

Il avait pris le jeune Ivoirien sous son aile, et accompagné jusqu'à sa majorité. Il l'avait protégé, formé, encouragé, ce genre d'attention que prodiguent les pères, l'ancrant sur ce navire pour les années à venir.

Piotr lui montra, au fil des jours, à relever les défis quotidiens, ceux que vous impose la vie, sans vous indiquer le chemin. Apprendre à composer avec les années de souffrances, que l'on presse dans un coin de sa mémoire, pour qu'elles ne prennent pas trop de place. Et ne rendre à l'humanité, que le bien qu'on a pu en tirer, car il est des douleurs qu'il ne vaut mieux pas léguer.

Le capitaine Polonais, avait gardé sa foi chrétienne, ainsi que sa croix autour du cou, comme si celle qu'il traînait depuis toujours ne lui suffisait pas. Si le sang du fils de Dieu se transformait en vin lors de l'Eucharistie, le sien devenait un spiritueux, dans les conduits de ses intestins. Et si son fils adoptif Djibril chauffait son alambic pulmonaire, par le biais de coke, Piotr alimentait le sien avec la houille que son père devait extraire. Il avait distillé toute sa vie, pour obtenir un peu d'eau-de-vie, espérant peut-être abreuver son père, et le voir un jour ressusciter.

Cela faisait maintenant quelques jours que le dragster ne démarrait plus. Les mécaniques de l'âme, tout comme les théogonies, restent de vrais casse-têtes, des puzzles ou des rébus.

Comme le croient habituellement les enfants, Djibril préférait considérer qu'il ne faisait que dormir, même si, désormais, le vieil homme avait choisi de rejoindre le Dieu des morts.

***

2 : Porto Rico.

C'est dans un silence glacial que nous entrâmes dans le port de San Juan. La température y était tropicale, mais les cœurs des hommes restaient froids comme la mort.

Le corps de Piotr gisait dans sa cabine, et chacun l'escortait dignement vers sa dernière demeure.

Les habituelles effervescences qui accompagnaient les arrivées à terre avaient cédé leurs places à cet égrégore flottant. Les jeunes Sénégalais se terraient, enfermés dans le dortoir, le temps que les autorités conduisent Piotr à la morgue. Djibril, comme de coutume, gérait tout en main de maître, mais aujourd'hui il devait assumer toutes les responsabilités. Il était maintenant le seul capitaine, celui qui n'a plus droit à l'erreur.

Il avait informé sa compagnie du décès de Piotr, et attendait les consignes pour la poursuite des opérations.

Le directeur qu'il eut au téléphone lui fit part de certaines modifications.

Pour donner suite au rachat de l'entreprise, par une société mère, l'organigramme du groupe dut être reconsidéré. Pour optimiser la rentabilité de la holding, les bateaux deviendraient la propriété de différentes filiales.

« Vous n'avez rien à craindre. » Disait-il derrière son bureau. « Rien ne change pour vous, et vous pouvez me croire, c'est, comme quand je classe mes affaires, dans les différents tiroirs. Un groupe c'est une grande famille, et chacun porte un prénom, et bien là, c'est pareil, on vous donne un surnom. »

Pour Djibril, cela ne changeait pas grand-chose, que l'Esperanza passe désormais, de la Grey à la Dark Company, pourvu que l'avenir devienne, pour tous, juste un peu plus rose.

Il avait cherché dans les affaires du capitaine, espérant trouver l'adresse d'un parent, mais comme lui il n'avait plus personne, à croire qu'ils ne s'étaient pas connus par hasard.

Il avait réuni tous les membres, et proposé de partager les quelques biens, un peu comme lors d'un héritage. Chacun avait discrètement choisi une pièce, non pas pour sa valeur matérielle, mais plutôt pour garder un morceau, du plus spirituel des puzzles.

Lors de sa mise en bière (ce n'est pas de ma faute, c'est le terme approprié), il l'avait vêtu de son plus beau costume, et aligné sa croix sur son torse, près de sa casquette de marin.

Djibril avait déposé une bouteille vide, dans laquelle un message fut placé, mais là, je vais rester discret, ces mots n'appartenaient qu'à eux.

Les autres membres de l'équipage firent de même, offrant à leur tour une obole.

Les Philippins, menés par un Lester impérial, déposèrent des objets religieux, et entonnèrent en chœur un Hallelujah digne d'un grand Leonard Cohen. Les voix résonnèrent dans tout le navire, glaçant le sang de tous ceux qui ont gardé une âme sensible, et juste un peu d'humilité.

Ahmet, même avec la meilleure volonté, ne trouva pas la force de chanter, et puis les discours ce n'est pas son style. Il déposa, lui aussi, une bouteille vide, pour la raison que vous connaissez, pour en finir avec son passé, il devait également en faire le deuil.

Les jeunes Sénégalais savaient chanter, mais plutôt des chansons festives, où l'on danse autour d'un feu. Vous comprenez de suite qu'ils se passèrent de cette démonstration, ni l'endroit ni le moment n'était vraiment indiqué.

Tijil alluma des bâtons d'encens, et récita des incantations, puis se mit, aussitôt, en retrait, il n'était pas habitué à ce genre d'évènement. Chez lui les morts, on les brûlait et même si cela aurait convenu à Piotr, mieux valait ne pas y penser. Autre chose, il lui légua également la balle de golf à laquelle il tenait tant. D'abord, car il se sentait moins stressé, et puis il arrivait à la conclusion, que sa destinée la conduirait, tôt ou tard, à finir dans un trou.

Moindzé et Mohamed restèrent discrets, et déposèrent juste quelques objets, l'un pensait à ceux qu'il avait perdus, et l'autre, à ceux qu'il avait vu se déchirer.

Amar vint timidement jusqu'au cercueil, il savait bien que ce n'était pas seulement Piotr qui partait, il voulait enterrer aussi son père, pour cesser de le chercher sur l'eau. Il garda le silence un moment, en hommage aux deux défunts, un peu plus longuement pour son père, car le silence, il aimait beaucoup.

Johann s'avança enfin, dans son costume multicolore, et prononça un interminable discours, pour rendre gloire au capitaine. Il maintint l'audience une demi-heure, ponctuant son oraison de notes soudaines, jusqu'à ce qu'un employé des pompes funèbres finisse par s'impatienter. Il conclut d'une phrase toute prête, ce genre de citations que l'on sert pour ces occasions, et qui disait en quelques mots, que les êtres, sur cette terre, terminent, tôt ou tard, tous en fumée.

***

3 : Annonce.

Le bateau était maintenant amarré au quai. Piotr avait quitté l'équipage pour rejoindre le cimetière. Connaissant le personnage, une sépulture en mer eut été plus convenable, il avait passé la majeure partie de sa vie sur l'eau. Le sort en avait décidé autrement, car de toute évidence, il avait un compte à régler avec la terre.

Les jeunes Sénégalais devraient sortir pendant la nuit, Djibril partait donc en éclaireur, en quête du chemin le plus facile et le plus sûr.

Il parcourut cette vaste étendue, repérant çà et là, des trous dans la clôture, puis se dirigea tranquillement vers les bureaux des administrateurs du port. Il incombait, maintenant, de faire décharger la marchandise, avant de recevoir les nouvelles instructions du patron.

Il attendit longuement, dans cette salle surchauffée par le soleil qui frappait sur la façade de verre, et où les ventilateurs étaient aussi en panne que les employés. Ils étaient tous vêtus d'une manière identique. Un pantalon ou une jupe d'un bleu sombre, d'une chemise marronne, que les lavages et les années avaient rendus pâles, et se paraient d'une mine blafarde, pour rester dans le même ton.

Le bruit et l'agitation des quais les obligeaient à maintenir les fenêtres closes, et les livraient à leur sudation et à l'inconfort qui en résulte. Pour se prémunir de cette pollution sonore, ils devaient s'accommoder des nuisances olfactives, rendant leur état de léthargie apparente, un peu plus compréhensible.

De temps en temps, las de s'éventer avec un magazine, un usager sortait reprendre sa respiration. Il réveillait, par la même occasion, les employés qui somnolaient derrière le guichet.

Les narines de Djibril, qui avaient pourtant connu des instants plus intenses, se rétractèrent naturellement, autorisant seulement le passage, d'un minimum d'air vicié.

Quand vint son tour, en sueur également, de la tête aux pieds, il présenta les documents de bord. L'employé lui demanda de patienter, puis enfin de le suivre, un petit problème à régler, avec les autorités maritimes.

Dans ce large bureau glacé, comme il était climatisé, Djibril prit un grand coup de froid, quand l'officier se mit à parler.

« Vous ne pouvez pas décharger votre marchandise.

Votre client n'est plus en activité, il a depuis peu fait faillite. Nous n'avons pas de place pour tout stocker, et vous ne pouvez pas rester à quai. Voyez avec votre compagnie, je suis vraiment désolé, mais vous allez devoir vous en aller. »

Le capitaine Ivoirien, surpris par ces propos, eut du mal à comprendre. C'était la première fois que cela arrivait. Il retourna au navire, pour tenter de joindre son directeur et éclaircir l'affaire, il s'agissait sûrement d'une erreur.

De réponse, il n'en eut point, vu que personne ne décrochait, il rappela puis rappela encore, jusqu'à la fin de la journée. Il usa, avec Amar, de tous les moyens à leur disposition, pour transmettre le message, et faire un point de la situation. Emails, Fax, et autres instruments, n'eurent comme retour, que le vide absolu.

Inquiet, mais pas outre mesure, Djibril remit au lendemain les nouvelles tentatives.

Dans la nuit, les jeunes Sénégalais s'éclipsèrent, après les avoir longuement remerciés, se tenant à l'abri de la lumière, échappant ainsi aux mailles du filet.

Les adieux furent difficiles pour les deux groupes, ceux qui espéraient aller plus loin, et ceux qui voulaient repartir.

La veille, Alem avait dit au revoir à sa sœur, et promis qu'il donnerait des nouvelles rapidement. Amar lui avait remis, une partie de ses gains, il savait qu'il en aurait vite besoin.

C'est fou comme le destin peut modifier le cours des choses. En l'espace d'une traversé, Alem était passé du stade de migrant, à ami, puis futur beau-frère.

Deux jours plus tard, rien n'avait changé, aucune réponse aux appels, et le navire demeurait toujours à quai.

Djibril était furieux de ce manque de respect, au moins une indication pour savoir que faire.

Dans cette situation, ils ne pouvaient ni partir ni rester. Pour quitter le port, il fallait du carburant, les réservoirs étaient vides, et impossible pour eux de payer. Aussi, plus longtemps ils demeuraient à quai, et plus les redevances de stationnement augmentaient. Dans tous les cas, la facture allait être salée.

Le capitaine comprenait la rage de Lester, victime de l'indifférence d'une femme qu'il avait jusqu'alors entretenue, et qui du jour au lendemain, l'ignorait comme s'il était un moins que rien.

Il n'imaginait pas que dans une famille, aussi grande soit-elle, on refuse de parler à un de ses fils, quand il s'est toujours efforcé, de demeurer le meilleur des enfants, ainsi que le moins exigeant.

Quelle alternative reste-t-il, lorsqu'on est coincé, entre la terre et la mer, le marteau et l'enclume, le futur et le passé ?

***

4 : Rencontre avec Rosa.

Djibril se retrouvait dans la salle d'attente, et toujours cette même chaleur accablante.

Cela faisait déjà une semaine qu'ils espéraient une réponse. Les tentatives pour joindre la compagnie étaient restées infructueuses, alors il allait essayer de trouver une solution avec la chefferie.

Le sentiment d'abandon grossissait de jour en jour, et le manque de considération que lui témoignaient les officiers de ce bureau entretenait cette impression.

Vu sa taille imposante, la difficulté de supporter les regards de ces petites gens qui le prenaient de haut grandissait à chacun de ses passages.

Les uniformes et la fonction ont depuis toujours permis aux hommes de se propulser plus haut qu'ils ne le sont, et s'octroyer des prérogatives qui dépassent l'entendement.

En un seul coup d'œil, elle le distinguait tel qu'il était vraiment. Elle le regardait du haut de sa petite taille, ainsi que du bas de l'échelle sociale. Celle qui dans cet office, accomplissait la plus médiocre des fonctions disposait d'une grandeur d'âme qui vous donnerait le vertige.

Un corps mince et musclé par quarante-huit années de labeur, le bronzage naturel des femmes Taïnos, ce peuple originel qui connut le malheur de n'être réduit à presque rien, pour avoir faire preuve de trop d'hospitalité.

Le passage sur cette île, d'un pêcheur Islandais une génération plus tôt, avait laissé dans son arbre généalogique, des traces que l'on retrouvait dans ses yeux. D'un vert éclatant et d'une luminosité telle, qu'ils avaient harponné Djibril, en un seul coup seulement.

Elle œuvrait là pour le ménage, pour nettoyer tous les bureaux, de ces déchets que ces hommes laissent pour elle, aussi facilement qu'un cadeau.

Ces individus elle les ignorait, son cœur ne l'autorisait pas à les mépriser. Elle les côtoyait simplement, et restait juste pour travailler. Même si ces descendants de colons Espagnols la traitaient avec dédains, elle demeurait fière de ses origines.

Son peuple avait été décimé et réduit à l'esclavage, lorsque les conquistadors accostèrent sur cette terre pour y diffuser les messages de l'Église. Ils apportèrent, en guise de bonne foi, les maladies européennes.

Les règles du savoir-vivre stipulent qu'il est inconvenant d'arriver chez quelqu'un les mains vides.

Veuve depuis quelques années, elle s'assumait comme elle pouvait, en partageant un petit appartement avec sa fille, tout fraîchement divorcée. Elle venait dans ces bureaux trois jours par semaine, mais c'était la première fois, que les deux regards s'étaient croisés.

Il est fascinant de constater comment chaque être se plonge dans la pensée d'autrui, au travers de cette fenêtre. Cherchons-nous à hypnotiser notre vis-à-vis ou sommes-nous en quête de connexions magiques ?

Il fut difficile de se détacher pour l'un et l'autre, même un gros cachalot a du mal à se défaire des crochets acérés de la lance.

La belle Amérindienne observait le colosse en uniforme. Il incarnait à lui seul, une grande partie de son histoire.

La force que dégageait Djibril et le statut de capitaine, assorti de la couleur sombre de sa peau, ressuscitèrent de sa mémoire le nom d'un grand chef Taïno. Le récit de sa vie se racontait d'une génération à l'autre.

Le cacique Guacanaguari, avait aperçu un jour de Noël, un navire échoué dans les bras du fleuve se jetant dans la mer. Habitué à commercer avec différents peuples, il proposa naturellement son aide et celle des siens. Autant de canoés et autant d'hommes disponibles furent mis à disposition pour décharger le bateau. Lorsque la tâche fut accomplie, il offrit l'hospitalité aux naufragés, et ces derniers lui firent le plaisir d'accepter son invitation.

Christophe Colomb, puisque c'est de lui qu'il s'agit, déclara une fois à terre : « *Le roi règne sur un domaine merveilleux avec tant de dignité que cela fait plaisir à voir. Il n'existe pas meilleur peuple ni meilleure terre. Les maisons et les villages sont magnifiques. Les gens aiment leurs prochains comme eux-mêmes et leur parler est très harmonieux. Ils sont doux et ont toujours le rire aux lèvres.* »

L'amiral tendit à son hôte la cape rouge qu'il portait et le roi des indigènes lui remit le tiaré d'or qui ornait sa chevelure.

Guacanaguari voulait sceller, par ce geste, un pacte qui favoriserait de nouveaux échanges commerciaux.

Au contraire, Christophe Colomb entrevit par le don de sa couronne, une passation de pouvoir. Puisqu'il l'avait découverte, cette terre appartenait désormais au Royaume d'Espagne, et en tant que gouverneur le peuple devrait lui obéir.

La suite fut moins merveilleuse pour les Taïnos. Réduits à l'esclavage, leur population diminua au point qu'il ne restait que six cents individus sur les deux cent trente mille que comptait la région. L'exploitation des mines d'or, les suicides et les maladies furent les principaux vecteurs de ce génocide.

Bien sûr, l'histoire des vainqueurs n'a gardé de cet épisode que la performance du navigateur.

Au travers des yeux de la belle Amérindienne, l'homme qui se dressait devant elle résumait la rencontre de ces deux civilisations. Il venait de l'Ancien Monde, paré du faste de son uniforme, mais gardait précieusement la bonté originelle, celle qui fait partie des effets que reçoit un enfant, à la naissance, pour lui permettre d'affronter la vie. Dans cette guerre, où l'amour se relevait après chaque défaite, il perdait à nouveau, lorsqu'il devenait trop grand.

Djibril sentait les rayons de la belle femme, pénétrer en lui sans qu'il puisse se défendre. Elle visitait son esprit, comme un sorcier vaudou, jaugeant l'étendue de son âme et celle de ses malheurs.

L'appel de l'officier vint arracher Djibril à ce conte de fées.

***

Chapitre 9 : Sombres perspectives

1 : Abandon de la compagnie.

Il n'y avait pas dans cette pièce, matière à réchauffer les cœurs. Sur la missive de l'armateur, les nouvelles semblaient très mauvaises. L'officier qui venait de recevoir la réponse lut à haute voix les explications du directeur.

Il disait que les temps devenaient difficiles, et qu'il devait se résigner à trancher dans le vif du sujet, pour sauver le reste de la famille. La maison mère avait donc décidé de se séparer d'une de ses filles, avec le plus grand des regrets. Mais étant donné la conjoncture, et la défaillance du client, l'ex-filiale ne serait plus en mesure, d'honorer tous les paiements. Elle déposait ainsi la clé sous la porte, et s'en remettait aux autorités, pour qu'elles puissent faire, en sorte, et du mieux, pour tout liquider.

Pour résumer l'Esperanza et son équipage, furent préalablement transférés dans une filiale, crée pour l'occasion, afin de pouvoir se débarrasser d'eux à moindre coût. Les financiers espéraient ainsi, que les frais de liquidation seraient pris en charge par la communauté, et ne pas faire baisser l'objectif de rendement qu'ils s'étaient fixé.

Le souffle froid de la climatisation glaça le visage et le dos de Djibril.

C'est dans ces moments-là que le corps rappelle à l'esprit, les douleurs qu'il a dû encaisser et mettre de côté, car l'espoir, comme un adjudant, criait qu'il fallait y croire et que la mission devait aboutir.

Tant d'efforts fournis, repoussant un peu plus les limites de l'épuisement, tant de privations, et tant de sacrifices qu'il avait déposés sur l'autel de sa fonction.

Il venait de perdre Piotr, et maintenant son emploi, comme si le Capitaine Polonais supportait depuis toujours le poids de la hiérarchie. En disparaissant, ce pilier laissait s'écrouler toute la chaîne de commandement.

Il ne trouvait pas de mots à fournir à la conversation, juste traversé de lointains souvenirs puérils. Il se retrouvait démuni avec en guise de fardeau, le poids d'une famille, d'une vingtaine de matelots. Comment allait-il faire, comment leurs expliquer, qu'il n'y aurait plus de salaires, ni non plus d'indemnités ? Comment leur dire que même sans couler, le navire était abandonné, avec l'équipage, la cargaison ainsi que les rats qui l'habitaient ?

La femme de ménage entra dans le bureau, et vida discrètement la poubelle. Elle le réchauffa un instant de sa présence, apportant avec elle, un flot d'humanité, et, sans le vouloir, lui brisa le cœur.

Dans le sombre sac qu'elle évacuait, pour assainir la pièce, il reconnut la filiale, dans laquelle on les avait enfermés. Ils ne constituaient, son équipage et lui, que de vulgaires détritus, que l'on jette, après usage, en même temps que son étui.

Son directeur avait rangé toutes ses affaires, bien proprement dans les tiroirs, et pour tous ceux, pour qui il n'y avait plus de place, il avait réservé bien gentiment une poche noire.

Dans ce paradoxe écologique, où pour se débarrasser des déchets, on fourre-tout dans un sac en plastique, pour ne pas être éclaboussé.

Il se leva difficilement, ses membres engourdis par le froid, il devait maintenant assumer les responsabilités, comme ce fut le cas jusque-là.

Il s'était substitué à son père, en comblant les trous de son absence, nourrit sa famille jusqu'à ce que le feu le prive de sa présence.

Sur l'eau, il avait remplacé le capitaine, relayé dans toutes ses obligations, jusqu'au moment où la terre le réclame, et avec lui, se réconcilie enfin.

Il devait maintenant supplanter son employeur, et pallier son indifférence, faire preuve de maturité, il le faisait depuis son enfance. Djibril quitta le bureau, car il avait besoin de prendre l'air.

***

2 : Je ne me briserai pas.

Djibril venait de communiquer la nouvelle à l'équipage. Le silence qui suivit fut aussi lourd à porter, que les années de souffrance, dont il s'était acquitté.

Il avait reconnu dans les regards de chacun, le désespoir, la haine, et le chagrin. La bataille s'annonçait longue et dure, car plus personne ne voulait d'eux, ni des hommes ni du navire, et de la cargaison non plus.

Les autorités maritimes réclamaient leur départ, et la compagnie refusait d'assumer sa responsabilité.

Chacun rejetait la faute, à la fatalité, au destin, seulement eux resteraient là, ne se contentant de rien. Le combat juridique pouvait durer des années, la situation semblait critique, sans être vraiment désespérée.

La stratégie des employeurs consistait à laisser pourrir la situation. Quand les hommes d'équipage n'auraient plus rien, ils repartiraient chez eux. Et les autorités portuaires, ne pouvant se permettre de condamner un emplacement, se résigneraient à entamer la liquidation.

Les Philippins, désemparés, s'étaient mis à prier, se signant, pendant que d'autres pleuraient. Comment nourrir leur famille, et pouvoir contenter leur femme, s'ils n'avaient plus de revenus ni les moyens de rentrer chez eux ? Les appels téléphoniques fusaient vers le pays, déclenchant aussitôt, un tumulte cacophonique dans la salle, chacun hurlait plus que l'autre pour se faire entendre. Les voix des Pinays grésillaient dans les combinés, obligeant les maris à fournir des explications supplémentaires. N'étant pas en mesure d'apporter une solution immédiate, les pauvres hommes alimentaient le doute et la colère de leurs chères épouses.

Lester encaissait le coup, car il devait montrer l'exemple, même si, bien entendu, cette blessure s'ajoutait à la première. Il n'avait plus rien à perdre, étant donné qu'il avait déjà tout perdu, après tout il verrait bien, quitte à aller jusqu'au bout. L'Esperanza demeurait depuis longtemps sa véritable maison, alors il y resterait coûte que coûte.

Amar demeura sans voix, imaginant les côtes d'Afrique, il pensait repartir très vite, finalement il ne le pouvait pas. Maintenant que l'amour avait sonné à sa porte, et qu'il l'avait laissé entrer, par ce mauvais coup du sort, il restait enfermé dehors. Il expliqua calmement à Fatou, de peur de la décevoir, mais les femmes détiennent les mots pour tout arranger, et vous redonner l'espoir. Elle lui glissa, dans l'intimité d'une douce voix, qu'elle l'attendait depuis des années, elle pourra patienter encore un moment.

Tijil s'efforçait de demeurer calme, fidèle à sa réputation, il s'inquiétait juste pour sa famille, ses sœurs et sa mère seulement. Il savait qu'elles pouvaient se nourrir, chez lui le jardin était généreux. Rien ne sert de s'énerver, il ne faut surtout pas faillir, plutôt trouver une solution, même si l'eau semblait prête à bouillir.

Pour les autres membres de l'équipage, Moindzé, Mohamed, Ahmet et Johann, le problème restait moindre, selon eux, vu que personne ne les attendait. Il fallait se serrer les coudes, pour ne pas tous chavirer, tant qu'ils seraient sur le navire, rien n'était perdu, ni gagné.

Djibril, en grand seigneur, avait tout posé sur la table, l'argent récolté auprès des Sénégalais, il le mettait à la disposition de ceux, qui en avaient l'urgente nécessité. Ils pouvaient tenir, deux mois, peut-être trois, la cargaison n'était pas périssable et pouvait être monnayée. Alors, même infime, il demeurait tout de même un espoir, de sortir de cet abîme, il fallait avant tout y croire. Puis il était parti prendre l'air, car leurs regards devenaient trop insistants.

Il marchait non loin de là, en arpentant les quais, croisait une équipe de dockers, c'était son premier métier quand il avait quatorze ans. Il avança encore quelques mètres, puis s'arrêta face à la mer.

Assis sur sa caisse, il scrutait l'océan, cherchant qui d'une solution ou d'une fuite en avant, ou peut-être la terre qui l'avait vu naître. Le poste de radio des ouvriers résonnait derrière lui, un air qu'il connaissait bien, un blues américain.

Il est des chansons qui surviennent, et que l'on entend avec le cœur, elles vous saisissent à la gorge, pour mieux soutirer vos pleurs. Elles parlent de ce qui vous arrive, tel un miroir de vos malheurs, ou comme une main que l'on vous tend, dans un rendez-vous opportun.

Même derrière l'armure qu'un colosse dresse sur sa peau, il n'y a aucune parade, car elle vous prend de l'intérieur.

Djibril chuchota les premières paroles du couplet, comme un verset que l'on récite pour se donner du courage, et se laissant porter par la musique, déposa un instant la charge qui l'écrasait. Il abandonna lentement le poids de la carapace, qui l'avait protégé, mais devenait trop lourde à porter. Au moment du refrain, ses nerfs lâchèrent, le filet qui l'entourait venait de se rompre, libérant ainsi, à la fois l'adulte et l'enfant. D'une voix grave et profonde, que seuls ceux qui souffrent sont dotés, de ces trémolos qui dessinent une plainte, et vous font chavirer, il déchira le ciel de ses ondes sonores, criant sa rage, sa haine, et sa volonté. La chanson de Ben Harper, qui disait qu'il ne serait pas brisé, lui conférait autant de force, que ses larmes diluaient ses peurs.

Il sentit sur ses épaules, deux petites mains se poser. Elle le cherchait pour autre chose, mais l'avait entendu pleurer.

***

3 : Rosa.

« Je m'appelle Rosa, et j'ai entendu votre conversation dans le bureau tout à l'heure. J'ai peut-être une solution pour vous. »

Sa petite voix douce, chargée de l'émotion des quelques pleurs qu'elle venait d'étouffer, figea le colosse, qui restait bouche bée. On aurait dit une cuillerée de miel dans une gorge affectée, un brin de poésie qui captive l'assemblée. L'éclat de son regard vint d'abord sécher les larmes, du pauvre malheureux, tombé sous le charme. Le prasin de ses yeux, éclairait son visage, du reflet du soleil se couchant à l'horizon.

Ses mains tenaient les siennes, avec une telle assurance, et tout autant, de tendresse, qu'il n'osait plus bouger de peur de briser la magie de cet instant.

Comment un être si petit pouvait-il avoir autant de force, dégager autant de chaleur, suspendre son souffle et ainsi chavirer son âme ? Elle pesait à peine la moitié du poids du colosse, mais faisait pencher la balance en sa faveur, défiant toutes les lois de l'attraction et de l'apesanteur.

Son parfum au jasmin, qu'elle exhalait comme une fleur, possédait ce côté enivrant qui le rendait meilleur. Il inondait les narines du nouveau capitaine, occultant entièrement les autres odeurs. Elle devenait sa cocaïne, elle était l'élue de son cœur.

Il était désormais en orbite, propulsé dans les airs, comme un simple ballon, retenu par un fil qui émanait de ses yeux, un minuscule rayon d'un vert lumineux.

Djibril prit la main de Rosa, puis déposa un baiser dans le creux de sa paume, en guise d'offrande ou de soumission, désormais il dépendait d'elle, et elle lui appartenait déjà.

Puisse la vie, sublimer ce qui déjà en toi rayonne !

Aurore

Mamie

Moi

4 : Cure de désintoxication de Djibril.

Cela faisait trois semaines que les hommes patientaient sur le navire, s'occupant au mieux pour tuer le temps. Chacun avait profité de cette trêve pour un grand nettoyage de printemps, les cabines reluisaient, et le linge sentait bon.

Ils imaginaient leur reconversion, mais ce n'est pas facile quand on n'a rien fait d'autre jusque-là.

Lester avait repris du poil de la bête. L'entretien n'avait jamais été aussi bien fait, ni les machines si bien huilées. Il excellait dans cette tâche, veillant à ce que tout soit parfait. L'Esperanza semblait revivre, et même si cela ressemblait à un lifting sur une peau fanée, il restait persuadé que seul le poids des années leur enlèverait cette vieille dame.

Il avait parcouru la ville un soir, afin de changer d'ambiance, repensé à sa vie pour y voir plus clair, et entré dans une église, pour exorciser tout esprit mauvais.

Il se sentait soulagé, la haine avait disparu, même si les traces de douleur persistaient. Le temps l'aiderait à vivre avec ce souvenir, et pour le moment il préférait ne pas revenir au pays.

Moindzé avait trié ses vêtements, il ne conserverait que certains, les plus simples feront l'affaire, plus besoin de garder les plus brillants. Il en imaginait de nouveaux, avec des lignes plus décentes et le brin d'originalité qui les rendent craquants. Il avait renoué les contacts avec ses parents, leur promettant qu'il reviendrait les voir.

Tijil avait appris que ses sœurs étaient revenues vivre chez leur mère, mais il ne s'inquiétait pour autant, il les savait entre de bonnes mains. La cellule familiale se regroupait ainsi autour de son noyau, d'autres germinations seront possibles à la prochaine saison.

Mohamed travaillait beaucoup dans la salle, il avait assez de temps pour cela. Au fil des jours, ses muscles devenaient moins mous, et la courbe de son poids tendait vers le bas. Ces résultats l'encourageaient à poursuivre un peu plus ses efforts.

Ahmet chantait plus souvent, et surtout de mieux en mieux, et traînait sur les réseaux sociaux, histoire de se constituer un cercle d'amis. Il naviguait autrement maintenant, et partout en même temps, son horizon s'élargissait progressivement chaque jour.

Amar restait en ligne en permanence, il partageait chaque moment du quotidien de Fatou, même si c'était à distance, leurs liens devenaient de plus en plus forts. Elle lui montrait chacune de ses réalisations, et l'intégrait à ses compositions. Elle avait, de mémoire, façonné son buste avec de l'argile, il en était tout ému, de se voir si près d'elle, même s'il demeurait immobile.

Pour Johann, la vie paraissait douce, ses aromates poussaient bien, le climat des Caraïbes semblait leur convenir à merveille. Pour une fois, c'est lui qui râlait en disant que depuis quelque temps, il n'y avait que ceux des cuisines qui travaillaient.

Pour ma part, je restais sur l'étagère, à la disposition de chacun, observant attentivement la suite des opérations. Je sentais que chacun attendait son heure pour éclore, pour se lancer dans la vie, un peu comme une germination spirituelle.

Trois jours par semaine Rosa venait rendre visite à son capitaine, les autres jours vous vous en doutez, c'était lui qui allait la rejoindre. Il apprenait ainsi à mieux la connaître, elle lui montrait comment profiter de la vie.

Même, si ce fut très dur, son addiction s'estompa, peu à peu, il y pensait de moins en moins vu de Rosa était toujours là.

Elle avait, comme client, un avocat à la retraite, quelqu'un de très influent. Lors d'un ménage chez le vieil homme, elle lui présenta Djibril, qui lui exposa les faits, et lui demanda son avis. Il acceptait de s'occuper de cette affaire, et de les conseiller gratuitement, même s'il savait que le pot de terre ne résisterait pas longtemps.

Rosa avait une passion pour les fleurs, et en cultivait sur son balcon. Outre les yeux, elle était dotée d'une main verte, et maîtrisait tous les secrets de la nature.

Elle entourait son homme, d'une large écharpe d'amour, l'embrassait, le taquinait, et riait, riait, et riait toujours. Elle se collait souvent à lui, le câlinait spontanément, d'une caresse qui ôte les épines, d'une parole qui guérit dedans.

Djibril se sentait renaître, car il découvrait l'amour, il n'avait jamais reçu de baisers, des femmes qu'il côtoyait auparavant. Il savourait tout ce qu'elle lui offrait gratuitement, comme si un chien habitué aux restes était convié à un festin. Elle envahissait presque toutes ses réflexions, au point de devenir une addiction, éclipsant peu à peu la poussière qui naguère, lui laissait croire qu'elle le rendrait heureux.

Il repensait à leur rencontre, à cette soirée sur le quai, où il avait crié sa peine, et qu'elle l'avait entendu. Elle avait eu mal par le passé, et essayait de l'oublier, mais ce soir-là, devant sa plainte, elle s'en était souvenue.

Il est plus facile d'aider quelqu'un qui souffre, que de panser ses propres plaies, alors on soigne ce qui nous interpelle comme on efface une faute au tableau. Du haut de sa petite taille, mais animée de la plus grande force qui soit, elle le gratifiait d'une étreinte pour le remercier d'être là.

Ils ne priaient pas de la même manière ni encore pour le même dieu, mais ma foi, l'objet de leurs demandes ne différait pas, et consistait essentiellement, en des bienfaits réciproques. Elle composa de leurs deux chapelets, alternant les grains d'ivoire et de corail, une pièce ressemblant à des menottes, qu'ils enfilaient quand ils marchaient main dans la main. Djibril fidèle à lui-même, avait dit tout naturellement, que c'était la plus belle des croisades, la seule pour laquelle il faudrait se battre et que pour elle il donnerait sa vie.

***

4 : Fille de Rosa.

Parmi les plantes, que Rosa faisait pousser, une se distinguait par sa splendeur.

Sa fille Iluminada, avait maintenant vingt-huit ans, et rayonnait comme une orchidée papillon. Elle avait hérité de sa mère, des deux émeraudes qui lui procuraient la vue, et de la taille fine d'une éternelle adolescente.

Comme chaque fleur, qui rêve d'être un jour butinée, elle avait ouvert son cœur ainsi que ses pétales, à un jeune mâle qui lui plaisait. Mais malgré plusieurs essais de pollinisation, aucun résultat ne s'avéra concluant.

De plus, le bourdon investi de la tâche, voulut également visiter d'autres plantes, mais fut immédiatement démis de ses fonctions.

Alors, fraîchement divorcée, elle vivait chez sa mère, profitant des soins de cette jardinière, et se disant qu'il valait mieux prendre du recul pour considérer son avenir.

Son combat, c'était l'écologie. Elle n'envisageait pas que l'on puisse résider sur terre, autrement qu'en harmonie avec cette dernière. Elle se passionnait pour les énergies renouvelables, et bannissait toute forme de pollution, digne héritière de sa mère, elle voulait laver ce monde et le rendre plus sain.

Sur le quai, quelques mouvements de foule intriguaient les membres de l'équipage. Les dockers étaient agacés devant l'immobilisme de l'administration, autant que de celle du navire. L'Esperanza prenait la place pour d'autres bâtiments, et les privait de taches, donc de rémunération.

Tijil leur avait parlé, pour calmer les esprits, leur promettant d'en informer immédiatement à son supérieur. Il partit donc rejoindre Djibril, dans sa seconde résidence, où il poursuivait avec assiduité, sa cure de désintoxication.

Des avions dans le ciel effectuaient des manœuvres, un exercice militaire, somme toute un peu bruyant.

Tijil arriva devant l'entrée, et posa son doigt sur le carillon. Il sentit comme une décharge électrique, lorsque la porte s'ouvrit. Foudroyé, il ne disait plus un mot, le bras tendu vers la sonnette, et les yeux figés par l'émotion.

Environ sept secondes plus tard, un bruit assourdissant fit sursauter tout le monde. Un avion avait franchi le mur du son, et tenait à répandre la nouvelle.

« Bonjour. Vous cherchez quelqu'un ? » Avait demandé la jeune femme.

Devant le silence de Tijil, elle reprit patiemment :

« Je présume que c'est pour Djibril. » Puis inquiète de la pâleur du lieutenant, elle tapotât sa joue en ajoutant :

« Ça va ? Entrez, asseyez-vous, je vais vous donner un peu d'eau ! »

Il tenta de répondre, pour rassurer la jeune femme, mais sentir sa main sur son front, pour jauger sa température, le paralysa d'autant et lui fit prendre un degré de plus. Djibril vint à la rescousse, avec léger sourire en coin, il avait, lui aussi, été touché par la foudre, et en remerciait le destin.

Pour un homme, qui avait dû, jusqu'alors, subvenir aux besoins de tant de femmes, accepter la privation tout en gardant son sang-froid, la vision d'une seule, et en un instant à peine, avait allumé son feu, d'une unique étincelle.

Elle s'inquiétait de son état, l'auscultait dans les moindres détails, et prodiguait chaque soin pour qu'il se porte mieux. Il était habitué à ne recevoir de la gent féminine que des plaintes et des appels au secours. Aujourd'hui, les yeux et les mains de cette divine apparition n'avaient d'autre vocation que d'améliorer son état. Sentir la serviette imbibée de cette eau si fraîche, parcourir sa peau pour le remettre de ses émotions, lui redonnât du courage et il la remerciât.

La voix timide du lieutenant en émoi dessina un sourire sur le visage de la belle, elle savait la nature fragile, et celle du cœur de l'homme en premier lieu.

Le jeune Sri Lankais, par son côté fragile, lui rappelait un de ses prétendants qu'elle avait évincés, suite à cette aventure.

Elle était encore étudiante et lors d'un stage, elle fut affectée au radiotélescope d'Arecibo. Longtemps resté le plus grand, jamais construit, ce centre accueillait des scientifiques du monde entier. Ils venaient collecter les données indispensables à leurs activités.

Un de ces chercheurs avait, pour tenter de la séduire, produit une démonstration assez originale. Il l'avait attirée à proximité de l'antenne principale et lui avait demandé de patienter. Dans l'heure qui suivit, il fit parvenir le relevé d'un message émanant d'un objet stellaire, qui mentionnait qu'il était inscrit dans les étoiles qu'elle venait d'être contactée par l'homme de sa vie.

Elle avait souri devant cette naïve tentative, comprenant bien sûr que le message était faux. Et bien qu'elle trouvât cela poétique, le prétendant ne récolta pas ses faveurs. Elle aimait la franchise, les sentiments se disent les yeux dans les yeux, sans user de subterfuges, sans essayer de tromper.

Le seul homme qu'elle avait accepté dans sa vie, envisageait la polygamie, pratique qu'elle rejeta évidemment, et le mari en même temps.

Tijil possédait ce côté naïf et poétique, de ceux qui parlent avec le cœur, il n'avait prononcé que quelques mots, le plus important fut dit avec les yeux.

***

Chapitre 10 : Le bras de fer

1 : Blocage du port.

Les jours qui suivirent furent un peu plus mouvementés. Le port de San Juan venait d'être investi et les dockers criaient haut et fort que tant que la situation du navire resterait bloquée, ils immobiliseraient toutes les infrastructures. Les marins abondaient en ce sens, et, défendant cette cause commune, se joignirent à eux. Ils souhaitaient que les choses bougent, et qu'on élucide ce cas.

Cela faisait déjà bien trop longtemps qu'ils attendaient, et chacun voulait disposer de sa vie pour quitter les cabines de ce bateau.

Au fil de la journée, la population vint peu à peu grossir les rangs des grévistes, allumant çà et là des feux comme il est de coutume. Cependant, aucune violence ne fut à déplorer, ils entendaient juste répondre, à l'inertie des autorités, par la paralysie des infrastructures.

Encore une croyance, qui préconise qu'il faille utiliser les mêmes moyens que le mal visé pour le battre. Toujours est-il qu'elle s'avéra efficace, et l'on vit au bout de quelques jours, se présenter une délégation.

L'administration avait dépêché un émissaire, qui prit la parole au nom de tous. Il expliqua, à juste titre, qu'ils étaient tous victimes, et que les autorités faisaient de leur mieux pour trouver une issue favorable.

La sagesse appelait à ne pas donner suite au chantage de la compagnie, qui se déclarait incapable d'assumer ses responsabilités.

Si la population devait supporter les énormes frais liés à la liquidation de l'Esperanza, il en serait de même, si la grève la privait, des ressources de l'activité portuaire. Dans ce statu quo, la véritable alternative serait d'obliger la maison mère, à prendre ses responsabilités. Dans ce combat qui s'annonçait face à ce géant des affaires, mieux valait ne pas disperser nos forces, car on ne peut supporter deux bras de fer, l'un avec la population et l'autre avec les actionnaires. L'homme avait parlé sagement, et le calme était revenu. Ils avaient compris qu'il ne fallait pas se tromper d'ennemi.

Il est vrai que l'être humain possède parfois ce réflexe étrange, qui l'incite à se gratter la peau jusqu'au sang, pour se débarrasser d'un parasite. Le mal dont il s'accable est souvent disproportionné par rapport à celui qu'il fait subir à son agresseur.

L'avocat à la retraite, ayant eu vent de cet incident, proposa à Djibril d'user de communication, afin que tous en prennent conscience. Si la compagnie avait pris le soin de se cacher derrière une filiale, pour ne pas être entachée par cet acte déloyal, la solution consistait à afficher son nom au grand jour, afin que l'opinion publique en prenne conscience.

Le capitaine, ayant exposé à l'équipage la stratégie du vieil homme, Moindzé suggéra d'utiliser des médias pour mieux se faire entendre. Il savait bien, combien ces derniers, peuvent être efficaces et persuasifs.

Chacun choisit son support, tous les moyens seraient bons, pour qu'enfin, éclate au grand jour, les rouages de cette machination.

***

2 : Johann à la radio locale.

Johann se tenait assis devant le microphone, il avait choisi les ondes de cette radio locale, pour exposer la situation actuelle.

Il venait d'une île voisine et connaissait les mœurs des Portoricains, alors il souhaitait leur parler comme à des proches, entrer chez eux sans franchir le seuil de la porte. Il entendait décrire la position dans laquelle l'équipage se trouvait, mettant sans le vouloir, la population en difficulté.

La plupart des personnes apprécient de voir un chef cuisinier, se donner la peine d'énoncer le contenu du menu qui leur est servi. Même si les plats ne ressemblent pas à ceux qu'ils ont commandés, lorsqu'ils sont identifiés, ils paraissent moins indigestes.

Il allait s'exprimer pendant le repas du soir, à une heure de grande écoute, juste après les résultats de la loterie nationale, et avant l'épisode sonore d'une télénovela, qui faisait habituellement office de dessert. Il savait qu'il pourrait s'assurer ainsi qu'ils seraient réceptifs.

Autour de lui, sur les étagères, une multitude de disques patientaient pour pouvoir danser sur les platines, et faire vibrer les enceintes. Les posters d'artistes mondialement connus tapissaient les murs du studio, comme des étoiles sur la Voie lactée. Chaque visage accroché, lui renvoyait le titre d'une chanson qu'il avait déjà si souvent chanté, et le glissait dans une réalité qui prenait l'apparence d'un rêve. Il se sentait dans son élément, prêt à concocter le programme du soir, mixer bomba, mambo, salsa, et sans oublier le reggae.

L'esprit nous joue quelquefois des tours, nous laissant croire que l'on connaît cet endroit, que l'on a déjà vécu cette scène, mais que l'on ne s'en souvient pas.

Lorsque le voyant rouge s'allumât, il revint sur terre brusquement, et au signal du technicien, déchira le silence de sa voix.

Il avait gardé le même timbre, et son franc parlé habituel, et de son organe voluptueux, captiva l'auditoire de son miel. Il disait simplement les choses, racontait sans entrer dans les détails (au début), ponctuant chaque point critique, d'une référence philosophique ou musicale.

Il ne tarissait pas d'éloges, pour ceux qui les avaient accueillis, les remerciait et regrettait qu'il en fût tout de même ainsi. Il dénonça les protagonistes de cette ignoble machination, invitant l'ensemble de la population, à réagir d'une seule et même voix.

Les appels venaient de toutes parts, manifestant leur soutien aux pauvres matelots, désignant les responsables, et invoquant le boycott immédiat, de cette compagnie. Le standard surchauffait, car le doux rêveur parlait maintenant d'amour et de bonheur, sur une terre, où chacun de nous ne laisserait comme trace, que la seule blancheur de ses os, et le souvenir de son bon cœur. Il avait levé son bras vers le ciel, et posé sa main sur sa poitrine, et dévoilé ses talents d'orateur. Il laissa échapper, du fond de ses entrailles, le son « O » qu'il maintint près d'une minute. Chacun, derrière son poste, fut suspendu à cette note, comme si la radio émettait le son originel. Entre une prière d'un Luther King et un refrain d'un Bob Marley, son oraison jaculatoire résonna dans presque tous les foyers, repoussant à une heure plus tardive, la diffusion de l'épisode quotidien.

Le lendemain, d'autres radios relayèrent ce message, déclenchant un mouvement de colère, à l'égard d'une société qui impose, des traitements aussi réducteurs. Des manifestations s'improvisèrent, devant les ambassades et les bureaux de la holding, menées tambour battant par les altermondialistes, Iluminada, et Tijil.

Ce dernier apprenait auprès de sa belle, qu'il ne suffit pas de toujours encaisser, il convient parfois, pour que les choses bougent, de donner de la voix et se faire entendre.

Une chaîne de télévision, voulu s'emparer de l'évènement et fit le déplacement, jusqu'au port de San Juan. Devant l'Esperanza, interviewé par la journaliste, Moindzé brilla au firmament, de par son élocution.

Amar inonda les réseaux sociaux, car il devait rester à bord, les autres agissaient sur le terrain.

Ahmet et Mohamed eurent une idée originale, ils distribuèrent des prospectus, à la sortie des magasins, vêtus uniquement d'un slip de bain. Huilés comme des sardines, ou encore des maquereaux, ils attirèrent beaucoup de femmes, ainsi que les adeptes du mouvement gay.

Lester ainsi que les autres Philippins voulurent demeurer plus classiques, ils se postèrent à l'entrée de chaque église, intégrant le chœur pour certains.

Agacé par le bruit qui courait à Porto Rico, le grand frère vint mettre son grain de sel. Les États-Unis imposèrent à la compagnie de régler ce problème. Et même si les actionnaires sont pour la plupart Américains, qu'il semblait judicieux de revoir les objectifs à la baisse. Il convenait, dans l'immédiat d'éteindre ce feu médiatique, et pour de meilleurs dividendes, ils se rattraperaient un autre jour.

Johann revint plusieurs fois dans les studios, animer des soirées de sa poétique voix, élevant au fur et à mesure, l'indice de l'audimat, et dessinant l'orientation de sa future reconversion.

**

3 : Le passé ressurgit.

Ce matin-là, plusieurs nouvelles parvinrent en même temps.

Ahmet avait tissé sur la toile, un réseau d'amis qui s'étalait de jour en jour. Il avait franchi les frontières au point d'arriver doucement aux portes de l'Anatolie.

Des anciens de l'armée, puis des anciens de l'école, jusqu'à ce que, sur une photo, il se reconnut à l'université. Gizem se tenait là bien sûr, près de lui comme à l'époque, et les battements de son cœur lui avaient rappelé qu'elle ne l'avait jamais quitté.

Il avait fouillé partout, épluché tous les profils, jusqu'à découvrir celui qui l'intéressait plus particulièrement.

Ses photos montraient qu'elle n'avait pas beaucoup changé, juste les traits plus accentués, un sourire moins prononcé, et quelques cheveux blancs. Les quelques rides qui donnaient à son visage, le standing de femme adulte, soulignaient les expressions que dégageait son portrait.

Captivé, Ahmet avait deviné sans trop forcer, que de nombreux pleurs avaient lavé sa figure, comme si les larmes pouvaient laisser des traces autrement que dans le cœur.

Elle habitait Izmir, où elle enseignait l'histoire et la géographie.

Il avait remarqué aussi, à la ligne des statuts, qu'elle demeurait célibataire, avec la mention endurcie. Il en faut peu pour un homme, pour être déstabilisé, mais pour le coup c'est tout un pan de son existence, qui s'était dérobé. Fort de sa volonté de comprendre, il lui avait envoyé un message, et attendait depuis comme un ours dans sa cage. Il racontait son histoire, la bouteille cassée sur le toit, le désespoir puis le départ, et sa situation actuelle. Le décalage horaire ainsi que d'autres aléas, avaient repoussé la réponse à plus d'une semaine.

Il venait de trouver le message, accompagné de photos, où elle expliquait simplement le motif de son célibat.

Ému, Ahmet relisait, sans cesse, les mots qui s'affichaient sur l'écran, se persuadant que ce n'était pas un rêve, tellement c'était inespéré.

À la suite du refus de ses parents, elle n'avait plus de raison de se marier, et comme elle n'avait que lui en tête, alors elle avait lapidé la bouteille, pour dissuader les prétendants.

Ahmet constata qu'elle n'avait pas quitté la ville où ils s'étaient connus, et enseignait l'histoire et la géographie, s'efforçant de donner au temps et à l'espace, une signification qui leur avait échappé.

Aveuglé par la haine envers ses parents, et par la déception, il avait permis à ces quatre dimensions de le séparer d'elle.

Comme autre nouvelle émouvante, il en est une qui obtint l'unanimité. La compagnie venait d'être assignée à payer la totalité des frais.

***

4 : La proposition de Tijil.

Une vente aux enchères fut organisée, pour débarrasser le port du navire et de sa cargaison.

D'un commun accord, les membres de l'équipage avaient, au préalable, sélectionné, parmi les nombreux articles, ceux qui semblaient susceptibles d'être utiles à la population.

Tijil avec l'aide d'Iluminada, s'occuperait de les distribuer par le biais des différentes associations.

Pour les autres produits, de type industriel, des professionnels furent invités à visiter le site.

Des armateurs et grossistes vinrent visiter les lieux sans toutefois émettre un avis favorable, ou même que cela retient leur attention.

Le médiateur, chargé de la liquidation par les autorités, avait dévoilé son plan d'action lors d'une réunion sur l'Esperanza.

Il s'installa près d'un tableau dans la salle du karaoké, et exposa, en détail, la suite des opérations. Les sommes récupérées auprès de la compagnie étaient conséquentes, et leurs salaires allaient pouvoir être payés.

Les chiffres alignés sur le panneau, suspendirent les souffles des marins assis sur les bancs, et permirent au silence, d'envahir la pièce un instant. Ils n'avaient jamais vu autant de zéros entre un huit qui trônait en tête, et le symbole du dollar.

L'homme déduisit en premier lieu, une part allouée aux salaires. Cette somme comprenait les rémunérations dues à ce jour, majorées des indemnités de retard.

Les Philippins imaginèrent, aussitôt, le soulagement dans l'esprit de leurs femmes. Elles n'avaient cessé de les harceler depuis le début de l'escale, exigeant des rapports précis et régulier. Vous pensez bien qu'un homme qui n'envoie plus d'argent et qui prolonge son séjour dans un port, cela dope les imaginations les plus fainéantes.

Il convenait, maintenant, de régler les frais de stationnement sur le quai. Le médiateur retrancha la somme destinée à honorer ces dépenses, installant à nouveau le silence dans la salle. Cela faisait déjà plusieurs mois qu'ils étaient coincés ici, et le montant du loyer à payer se fit ressentir.

En guise de résultat, demeuraient les sommes liées à la déconstruction du navire. Il expliqua longuement la nécessité de dépolluer le bâtiment avant la démolition, et estimait à dix dollars par tonne, le coût du nettoyage. Ces derniers constituaient l'écrasante majorité du budget étant donné le manque de site de démantèlement dans le secteur. Plusieurs pistes étaient étudiées et ils choisiraient la meilleure.

Les hommes sont dotés d'une facilité déconcertante, lorsqu'il s'agit de compter, additionner, ou retrancher.

Les yeux qui brillaient au début de la réunion retrouvaient logiquement un esprit plus vague.

L'équipage resta seul après le départ du médiateur. Ils semblaient rassurés en partie par cette issue inespérée, même si la satisfaction demeurait incomplète.

Tijil, jusque-là très discret, demanda l'attention de tous.

Il connaissait des sites de démantèlement situés en Inde. La main-d'œuvre y était peu chère et les matériaux tous recyclés. S'ils arrivaient à convaincre les autorités de leur allouer le budget de la déconstruction, ils pourraient tous, à l'image du bâtiment, s'assurer une nouvelle vie.

D'une part, les prix annoncés par le médiateur, pour le nettoyage du bateau, s'adressaient à des navires transportant des matières polluantes ; or, dans leur cas, en dehors du carburant contenu dans les réservoirs, rien ne justifiait une telle dépense.

Dans ce pays, l'Esperanza pourrait être cédée pour minimum trois cents dollars la tonne, à une entreprise locale pour la récupération. Ils n'auraient qu'a conduire l'Esperanza, pour un dernier voyage, s'assurer que la dépollution soit réalisée dans de bonnes conditions, puis vendre le bateau et partager équitablement les sommes récoltées. Dotés d'un confortable pécule, ils pourraient envisager enfin un nouveau départ dans la vie.

Il faut croire que le séjour prolongé à terre, ou l'illumination de la fille de Rosa avaient donné à Tijil la solution d'une équation compliquée. Loin de l'agitation des vagues et des tracasseries familiales, il avait trouvé la sérénité, avec ou sans encens.

L'esprit se comporte juste comme un plan d'eau, lorsqu'il est calme, il devient un miroir dans lequel on peut se voir et son niveau parfait sert de référence aux constructions les plus audacieuses.

Tous le regardèrent comme une apparition divine, ou un trésor que l'on découvre enfin. Ils contemplaient tous, les figures identiques, s'aligner sur une machine à sous, pour lui c'était plutôt une histoire de chakras.

Il appela en Inde sur plusieurs sites dont il trouva les contacts en ligne. Les échanges verbaux avec ses différents interlocuteurs laissèrent tout le monde sans voix.

Il parlait à une vitesse vertigineuse, et dans une des langues dravidiennes que personne d'autre, sur le navire, ne maîtrisait. Sa volubilité lui donna, pendant plus de deux heures, la figure emblématique d'un trader sur une place boursière. Tous étaient suspendus à ses paroles incompréhensibles, autant que lui le demeurait à son fil.

Puis il raccrocha, reprit sa respiration et rejoignit le tableau en calculant. Il se saisit du marqueur et inscrivit sur le panneau la somme vertigineuse de huit millions quatre cent mille dollars US. C'était le meilleur prix qu'il put obtenir en vendant également la cargaison du navire, quatre cent vingt dollars la tonne.

De plus, le nettoyage était compris dans la transaction, donc le budget alloué pour cette opération, viendrait s'ajouter à la manne financière. Toutefois, rien n'était acté, il restait, avant tout, à convaincre les autorités, mais le cas échéant, il demeurait cette solution.

Passé la période de flottement qui accompagne le doute et le vertige, l'équipage tout entier se rua vers lui pour l'étreindre. Le pauvre Tijil (enfin plus pour longtemps), se rendit compte, que la famille cela étouffe, mais, parfois, les amis aussi.

***

Chapitre 11 : Déblocage

1 : Arrestation d'Abedi.

Cette nuit-là, des revenants surgirent soudainement. Tout d'abord, Gizem apparaissait sur la vidéo et parlait avec Ahmet. Elle éclairait l'écran de sa lumière, son regard fixait l'homme qu'elle n'avait pu oublier.

Ce dernier n'était pas en reste, le moindre mouvement, la moindre intonation de la belle, suscitait en lui un sursaut incontrôlable. Il tenait l'écran de ses deux mains, donnant l'impression, non seulement qu'il allait l'étreindre, mais en plus qu'il voulait éviter de la perdre à nouveau.

Je n'ai aucune faculté, pour la maîtrise de cette langue altaïque, mais l'expression de leurs gestes, et la même lueur dans leurs yeux, étaient plus éloquentes que le meilleur des interprètes. Aussi gutturale soit-elle, elle devenait non moins douce que le miel dont ils se badigeonnaient dans leurs échanges verbaux. La joie des retrouvailles s'invitait à chaque mot prononcé, comme les premiers rayons de soleil, après un long et rigoureux hiver. Ils gommaient de leurs passés, toutes les traces que le chagrin avait pu laisser, car l'amour est un phœnix qui doit renaître de ses cendres.

Ils semblaient se dire, « ô, combien tu m'as manqué, et je bénis ce lien qui nous a réunis, mais combien tu me manques et je hais cette distance qui demeure entre nous. »

Leur histoire n'était pas finie, il restait juste à déterminer quand la parenthèse serait ouverte à nouveau.

Un groupe de Sénégalais revint également au navire. Alem en tête de file cherchait une solution de repli.

Abedi avait osé l'impossible, et le regrettait amèrement, une triste fin de rêve pour lui, un début de cauchemar aussi. Pensant bien agir, il avait volé une embarcation, et en compagnie de six compères, avait tenté de rejoindre la Floride. Arraisonnés, par les garde-côtes ils avaient essayé de s'enfuir, et dans des manœuvres hasardeuses, percuté le bateau de la police maritime.

Vol, délit de fuite, dégradation de bien, et situation irrégulière, autant de griefs qui leur valurent une sanction disciplinaire. Ils écopèrent tous, d'un séjour de plusieurs années sur cette nouvelle terre, mais derrière les barreaux d'une prison.

Il est parfois nécessaire de sacrifier une chose élémentaire dans le but d'améliorer son quotidien, mais, si la privation de liberté devient la libation et la finalité, cela s'apparente plutôt au suicide.

Le groupe d'Alem avait essayé de trouver un passage plus sûr pour atteindre la Floride, mais la liste d'attente était très longue, et les prix exorbitants. Alors voyant que l'Esperanza faisait la une de l'actualité, ils avaient rebroussé chemin, et demandaient l'hospitalité. Ils regagnèrent leurs appartements, même s'ils les savaient provisoires, le temps d'y voir un peu plus clair, le temps de reconsidérer leur problème.

Djibril et Tijil avaient soumis la proposition de reprise du bateau aux autorités compétentes et attendaient les délibérations, qu'ils espéraient assez rapides.

Ces derniers jours, ils avaient sollicité l'avocat afin de constituer un excellent dossier. Le vieil homme avait salué leur audace, et réarmé tous ses fusils. La structuration et l'élaboration des pièces nécessaires à la formulation de la requête auraient pu être finalisées en quelques heures à peine. Mais le retraité profita de l'occasion, pour citer des passages de son expérience.

Ce fut comme demander à un ancien combattant de raconter ses guerres, au travers de toutes les batailles. Et l'on devine combien le verbe d'un magistrat peut devenir aussi monotone qu'éloquent, si l'auditoire, contraint par le besoin pressant, ne peut soulever aucune objection. C'est le tribut à payer pour s'enquérir de la sagesse que recèle la vieillesse, savoir, pour avancer, redécouvrir le passé.

Il énuméra longuement chacune des batailles gagnées, où l'honneur des accusés avait été lavé, et où son intervention fut décisive.

Les deux marins profitaient malgré eux de cette instruction civique, visitant les arcanes du droit international, et les faits divers du pays, de ces dernières années.

Quand il eut épuisé, le registre de sa mémoire, et l'intérêt des deux officiers, il évoqua la bataille perdue contre la maladie de son épouse. Il ne voulut pas nommer la meurtrière, indiquant, juste par ces mots, les indices révélateurs.

« On a coutume de donner un nom de rue aux personnes illustres, car elles ont encouragé la vie, ou y ont contribué, mais à cet être ignoble, dont je tairai le nom, on lui a attribué une ligne sur le planisphère. »

Il fut aisé, pour les deux marins, dont un venait de Colombo, de deviner de qui parlait le vieil homme. Le cancer qui avait emporté sa femme le rongeait lui aussi par le souvenir. Et si, à l'instar du capricorne, il est intitulé tropique, il fait partie des parallèles, que l'on dessine sur la terre, pour mieux se situer.

On peut comprendre que le vieil homme entrevoit une double peine dans cette tragique disparition, la parallèle qui, à ses côtés, avait parcouru tant d'années, lui avait donné deux fils et comblé sa vie, avait cédé sa place au profit d'une ligne imaginaire.

Djibril, au même titre que Tijil, semblait confiant, quant à l'issue de cette requête. Cela faisait déjà sept mois qu'ils demeuraient à quai, et bien qu'ils aient conquis l'estime de la population, l'appel de leurs pays d'origine devenait de plus en plus pressant.

Seul problème, pour les deux hommes, mais non sans importance, la question de Rosa et de sa fille, pour la suite de la romance.

La réponse ne se fit pas attendre, elle jaillit au petit matin. Le médiateur avait fait le déplacement, trop heureux de trouver un dénouement à cette affaire. Lester s'empressa de prévenir Djibril et Tijil, qui depuis un moment résidaient dans de nouveaux quartiers.

Nouvelle réunion, et nouvel exposé de la situation, où les sourires aux lèvres, et l'incessante agitation décrivaient l'exaltation, que les cœurs ne pouvaient dissimuler par leurs rapides battements.

Les esprits entraient en ébullition, car ils sentaient le départ proche. Les Philippins se projetaient déjà près de leurs femmes et enfants, laissant les larmes de joie chasser celles qui ne parlaient que de peine.

Il restait juste des histoires de papiers à régler, pour officialiser cet acte. Djibril proposa son nom, ce qui fut adopté à l'unanimité.

***

2 : Ceux qui partent et ceux qui restent.

Certains ne pouvaient pas prendre part au voyage. L'ensemble des matelots Philippins voulaient retrouver leur famille, et les appels incessants de leurs femmes, exigeaient leur retour immédiat. Ils n'étaient pas de ceux qui se défilent, et à tous, tenaient à demander pardon.

Mais il n'y avait aucune faute à expier, l'aventure de l'Esperanza arrivait bientôt à son terme, et nul ne leur reprocherait de descendre à l'avant-dernière étape. Ils recevront également leur part, mais devront attendre encore un peu, afin que tous les comptes soient soldés. Mieux valait pour eux de profiter de cette trêve que leur accordait le destin, pour rester près des leurs, et rattraper le temps perdu.

Lester n'avait plus d'attaches, et il cherchait toujours sa voie, il devait également escorter le navire, jusqu'à sa dernière destination. La suite il ne s'en préoccupait pas trop, à partir du moment où il demeurait libre de bouger, et libre de ses choix évidemment, il verra bien ce que la vie lui réservera. À vouloir trop prévoir, il n'avait récolté que des déceptions, alors désormais il ne se conjuguerait qu'au présent.

Pour Johann, le choix semblait plus difficile. Une carrière dans le domaine qu'il affectionnait lui tendait les bras, mais il craignait de ne pas réellement s'épanouir. Sur cette île, les métiers d'artistes ne paient pas toujours, et la population, il en avait vite fait le tour. Ils ne juraient tous que par l'Amérique, comme, un modèle auquel il faut tous ressembler, mais lui, ne voulait ressembler à personne, et des rêves, il en avait plein la tête.

Lors des soirées dans le studio, il avait côtoyé Olivia, une métisse d'origine Cubaine, qui l'avait assisté plusieurs fois. Rien de bien sérieux entre eux, juste des échanges dans le cadre professionnel, et quelques cigarettes lors des pauses. À la suite de la première intervention de Johann à la radio, la jeune femme avait souhaité rejoindre son équipe, car elle se sentait proche de ses idées. Le doux rêveur envisageait de refaire le monde, quand elle, parlait de la pluie et du beau temps, alors pourquoi rester à la météo, quand on peut, aussi, agir sur le climat ?

Ce soir, le cuisinier Jamaïcain allait devoir annoncer son départ, à son public en général, et à Olivia en particulier.

Pour Moindzé, le départ semblait préférable. Il lui offrait de meilleures perspectives, plus précisément celle de retrouver ses parents. Il irait les revoir, sans choisir entre l'un ou l'autre, mais profiterait des deux avec leurs différences, et la richesse qu'ils lui apportent.

Mohamed pour sa part suivait le groupe, il déterminerait plus tard s'il devra changer. Pour le moment, il se concentrait sur ses exercices, et appréciait le résultat. C'était la première fois qu'il décidait de réaliser quelque chose pour lui, et que cela portait ses fruits, alors il souhaitait poursuivre, et profiter également de la vie.

Pour Ahmet et Amar, la question ne se posait pas, ils étaient déjà trop éloignés de leur principal intérêt, mais ils patienteraient encore un peu, le temps de se constituer un petit capital afin de réaliser d'autres projets. Les échanges en lignes, où leurs promises occupaient l'écran, devenaient presque permanents. Ils ne cédaient leur place qu'à de courtes périodes de sommeil, où les songes maintenaient les belles éveillées.

L'amour a cette délicieuse faculté, d'attribuer le don d'ubiquité, aux êtres que l'on vénère.

Alem et quelques Sénégalais manifestaient leur envie de quitter cette île. Ils savaient qu'il n'y aurait pas d'escale à Dakar, et même, si l'Inde ne ressemble pas à l'Amérique, après tout, pourquoi ne pas la visiter. Lester les encadrerait pour des travaux qu'ils devront exécuter, pour remplacer tous ceux pour qui l'aventure s'achève.

Pour Djibril et Tijil, la tâche devenait plus compliquée. Leurs cœurs avaient déployé, sur cette terre, de très fortes racines. Celles dont chaque plante a besoin pour trouver son équilibre, mais également, celles dont elle dépend.

Il est des équations qui semblent, somme toute, classiques, deux additions de réels entiers et où les inconnues sont clairement identifiées, mais si les mathématiques sont réputées pour revêtir la notion de science exacte, l'amour quant à lui, fait figure de cas particulier. Certes, il constitue un attracteur et demeure un espace vers lequel un système évolue de façon irréversible en l'absence de perturbations. Mais la moindre inflexion, la moindre erreur, peut donner à cette idylle, un visage de chaos.

Il restait donc aux deux amoureux de convaincre les élues de leurs cœurs, et leur proposer un programme qui puisse les dissuader de les suivre. Cette journée allait être déterminante et très éprouvante pour leur imagination.

***

3 : Celles qui partent.

La nature a doté les hommes de facultés extraordinaires, ils sont capables, sans se concerter, de penser à la même chose.

Chacun avait organisé une soirée en amoureux, dans un joli petit restaurant, avec des fleurs dressées sur la table et des bougies pour faire sérieux.

Les femmes sont beaucoup plus coopératives. Elles communiquent plus facilement, surtout entre mère et fille, l'adresse de leur rendez-vous galant. Voilà donc ces magnifiques femmes, franchissant ensemble le seuil du même établissement, retrouvant les deux fameux compères, de part et d'autre de la salle. Elles rayonnaient dans leurs robes blanches, comme un bouquet qui se livre, offrant aux hommes leur sourire, pour leur délicate attention.

Il fallait maintenant à ces derniers, comme dans un rite initiatique, trouver les mots et le courage, susciter l'envie sans effrayer, ou simplement dire la vérité.

Tijil exposa son histoire, avec une facilité déconcertante. Iluminada, semblait se révéler celle qui détenait toutes ses clés. Habituellement si réservé, et si peu enclin à la parole, il étala une grande partie de sa vie, enfin toutes les grandes lignes. Ses mains ouvertes qui dansaient sur le menu devant lui suivaient le rythme que leur insufflait sa voix.

Elles semblaient dire, dans ce langage des signes, « avec toi je n'ai pas envie de jouer, alors j'abats toutes mes cartes. »

Il énonça les difficultés rencontrées, l'importance de la famille et les sacrifices endurés. Il possédait un immense terrain, situé sur le flanc d'une colline, qu'il avait acheté avant que ses sœurs ne se marient. Le fort dénivelé et le sol rocailleux ne permettaient sur cette parcelle, que de simples récoltes, dont sa famille s'accommodait. Le bord de mer et une importante rivière constituaient le seul attrait de cet endroit très exposé aux vents.

Puis il parla de ses projets, beaucoup plus terre à terre. Dans la ville où il résidait, il y avait une ancienne centrale électrique qui devait être abandonnée. Un appel d'offres avait été lancé, pour que des solutions nouvelles puissent être proposées. Il envisageait d'utiliser la rivière, le soleil, le vent et les marées, pour produire assez de lumière, ainsi qu'une énergie bon marché.

Il voguait depuis toujours sur les mers, pour alimenter sa mère et ses sœurs, alors que juste autour de lui, la nature avait un grand cœur.

En parlant de cœur, celui d'Iluminada, battait très fort, il avait touché les cordes sensibles, celles qui la faisaient vibrer depuis toujours. Les mains du lieutenant ne flottaient plus, car elles furent enveloppées, comme un œuf que l'on veut voir éclore, et que l'on s'évertue à couver.

Ils s'accordèrent, tout le long de la soirée, sur des détails beaucoup moins techniques, les femmes, c'est bien connu, marchandent tout le temps. Elle le suivrait à l'autre bout du monde, juste pour demeurer près de lui. Si un être avait pu se sacrifier, pour autant de femmes, il la respecterait sûrement, et partager son homme dans cette polygamie familiale ne l'effrayait pas plus que cela. Elle souhaitait de lui des enfants, et espérait que le premier soit une fille, il accepta sans rechigner, je vous ai dit qu'elle possédait toutes les clés.

Djibril prit lui aussi de l'assurance, les yeux de sa belle brillaient tout autant, elle connaissait déjà une partie de sa vie.

Il lui parla de son terrain en Afrique, qu'il avait dû abandonner, car les ressources qu'il produisait étaient insuffisantes. Il souhaitait retourner y vivre, maintenant que son existence devenait plus facile. Après tant d'années de labeur, il pouvait espérer prendre sa retraite, et même si elle ne représentait pas une somme faramineuse, là-bas on peut s'accommoder de peu, en se contentant de l'essentiel.

Il placerait l'argent afin de garantir son avenir, et réaliserait quelques travaux pour embellir son environnement.

Il planterait juste quelques légumes, pour assurer le quotidien, et partout ailleurs des fleurs, pour ne jamais oublier qu'elle existe. On peut vivre de l'essentiel, mais ne négligeons pas le langage des fleurs.

Avant même qu'il puisse développer, Rosa souligna de toute sa grâce que pour réaliser ce projet, il lui fallait sa jardinière. Les fleurs c'était son domaine, et son capitaine aussi. Alors elle dessinerait un jardin avec différentes compositions, alternant les massifs et les allées ombragées. Elle voulait que son soleil puisse s'y promener comme un roi, maintenant qu'il lui avait accordé qu'elle devienne sa reine.

Maintenant que vous connaissez Djibril, vous devinez sa réplique, il susurra tendrement : « Mon cœur, ce jardin ce sera le Nôtre. »

La soirée se poursuivit, bercée de longues conversations profondes, sur les avantages de l'écologie et de l'avenir des enfants, des secrets de l'horticulture, et de l'amour des plantes.

***

4 : Les adieux de Johann.

Johann rompit le silence, comme il le réalisait chaque soir depuis des semaines, et en quelques mots, il abreuva les ouïes de ses âmes fidèles, que la longue attente avait maintenues en abstinence. Il était devenu leur rituel, la potion que l'on s'administre, pour se purifier de la journée, et apprivoiser le lendemain. Les deux heures que la radio lui avait aménagées, pour qu'il puisse développer ses idées, drainaient chaque soir un peu plus d'attention, gonflant ainsi le réservoir de son auditoire.

Il est passionnant de vérifier les conséquences de ses actes, et pour reprendre la métaphore de Lorentz qui demandait si les battements d'ailes d'un papillon au Brésil pouvaient provoquer une tornade au Texas, ceux de Johann entraînèrent plusieurs bouleversements.

La télénovela, qui jusqu'alors constituait le principal engouement des soirées, fut reléguée à des heures où l'on ne se préoccupe que du sommeil. Les traditionnels formats d'amour en boîte qu'elle proposait ne suscitaient d'intérêt que pour les cas désespérés. Aussi elle fut déplacée, entre la rubrique des actes de décès, et celle de la technique de la chasse au furet.

De même pour les résultats de la loterie, ils glissèrent jusqu'au petit matin, l'opium qu'ils diffusaient d'ordinaire, céda sa place à l'odeur du café.

Les radios concurrentes, ainsi que les chaînes de télévision, modifièrent également leurs grilles de programmes pour ne pas perdre de l'audimat.

Les matchs de football des équipes locales, qui habituellement se déroulaient les samedis soir, avaient lieu, désormais, le dimanche matin, pendant que se tenait la messe. Les entraîneurs et dirigeants n'y trouvaient rien à redire, car le comportement des joueurs avait changé. Ils arrivaient beaucoup plus détendus sur le terrain, annihilant toute forme d'hostilité.

Pourtant, la tornade Johann ne véhiculait aucune violence, et c'était justement là sa particularité. Il avait conquis leur attention, en balayant leurs tourments, de sa sincérité et de sa douceur.

Contrairement à un pasteur qui harangue les foules en promettant le salut éternel, s'ils confiaient leurs âmes à l'être suprême, il plaçait son espoir en chacun d'entre eux. Il disait qu'aucune brebis n'a besoin de berger, si elle décide d'aller brouter où et quand elle le désire. Quel intérêt de confier son destin à un guide, si la finalité se résume à perdre, son lait, son agneau, sa laine ou encore son gigot ?

Il voulait que tous, prennent conscience de la force qui sommeillait en eux, qu'ils osent se mouvoir, qu'ils croient en leurs vies, qu'ils réveillent du fond de leurs mémoires, cet être merveilleux, qui dessinerait leurs routes vers un avenir meilleur.

Johann ne laissait personne insensible, même ses plus fervents détracteurs, qui constataient que les églises et les partis politiques perdaient chaque jour de leur intérêt.

Ce soir, sa voix était devenue un peu plus grave, l'amour dont il avait décrit plusieurs facettes, avait grandi dans toutes les dimensions.

Il déclarait qu'on peut soutirer des larmes, même au plus illustre des guerriers, en lui démontrant qu'il demeure de la bonté dans les actes de ses ennemis. Non pas, car ils lui ont fait trop de mal, mais parce qu'on le soulage de la haine qu'il leur réservait.

« L'amour réside partout, partout où vous lui laisserez une place, mais il prendra également celle que vous lui refuserez ! »

À ces mots, la main d'Olivia vint se poser sur la sienne, ce n'était ni une demande en mariage, ni même la peur de le voir décoller, mais juste un réflexe que la nature a gravé dans nos gènes, et qui force, ceux qui se ressemblent, à se réunir.

Puis le doux rêveur annonça son départ, avec une voix qui n'était plus la sienne, laissant au générique le soin de combler le vide que son absence allait créer, puis se leva en saluant l'assemblée, et quitta le studio précipitamment.

Les hommes peuvent parfois paraître pour des lâches, pour le cas de Johann, nous pouvons lui pardonner. Pour un être qui ne voulait que le bien de l'humanité, il choisissait sa liberté, qui pourrait le lui reprocher ?

***

5 : Celle qui le suit.

Les pas lourds, qui résonnaient dans la rue qui le ramenait au port, furent vite rattrapés par le chuchotement des sandales de Victoria. Elle ancra son bras à celui de Johann et dévia sa route vers son appartement.

Ce dernier se laissa guider tranquillement, sans opposer de résistance, en plus d'aimer l'humanité, il était également non violent.

Belle surprise pour lui d'avoir attiré les faveurs d'Olivia, mais une bien plus grande encore l'attendait un peu plus loin.

Elle lui expliqua simplement que l'idée de le voir partir la torturait au point qu'elle refusait cette éventualité. Aussi comme il était seul maître de son destin, elle le suivrait et partagerait avec lui un bout de chemin.

Alors s'il le désirait, et s'il la désirait également, ils passeraient à son appartement, prendre ses quelques affaires.

Olivia ne possédait pas grand-chose, le matériel n'avait, pour elle, que peu d'attrait, juste son passeport, puisque c'est obligatoire, sa guitare, et un sac avec quelques habits.

Johann, n'avait rien perdu des mots de la jeune femme, ses écouteurs demeuraient baissés depuis son arrivée, et sentir son bras enroulé autour du sien, lui murmurait qu'on peut aussi rêver à deux. Elle résumait, tout ce qu'il attendait d'une femme, rester fidèle à elle-même, et être en mesure, sur un coup de tête, de décider de tout changer. Oser s'affirmer et dire ce qu'elle désire, sans craindre de bafouer les règles et manquer de ce que certains nomment le respect.

Olivia gardait en elle ce côté essentiel et sauvage, que la nature attribut à la naissance, mais que l'éducation nous reprend aussitôt, comme si cela constituait un crime de rester libre dans sa tête, et que sa puisse devenir contagieux.

Chapitre 12 : Le cap de Bonne Espérance

1 : Départ.

La navette attendait sur le quai depuis environ dix minutes, mais les adieux se prolongeaient. Même s'ils avaient hâte de retrouver leur pays, les Philippins se séparaient aujourd'hui d'une grande partie de leur passé. Alors ils grignotaient encore quelques secondes, pour ne pas trop vite tout effacer. La fête avait duré tard dans la nuit, et ils avaient très peu dormi, à imaginer ce qu'ils pourraient réaliser, et célébrer ce qu'ils avaient vécu auparavant. Du karaoké aussi, car on ne change pas une équipe qui chante, mais juste des chansons de joie, qui parlent de fleurs, d'amour et d'enfants.

Olivia, Rosa et sa fille se trouvaient là également, leurs affaires siégeaient déjà en place, avec les femmes on ne plaisante pas avec le rangement. Elles côtoyaient leurs conjoints et apportaient, à ce monde d'hommes, tout ce dont la féminité peut gagner en fierté.

Aux cuisines, certains menus seraient modifiés, des recettes plus élaborées, ainsi que beaucoup plus de desserts. Elles voulaient que pour cette dernière traversée, le séjour à bord ait l'air d'une croisière. Johann acceptait ce changement, il craignait juste pour ses plantes, il les cacha naturellement, de peur qu'elles ne les prennent pour de mauvaises herbes.

Le ravitaillement fut enfin terminé. Autant de carburant et de nourriture que nécessaires, ils allaient maintenant quitter le port, et se diriger vers l'Afrique. Chacun s'activait, animé par des automatismes que l'expérience avait gravés dans leurs gestes, réveillant la vieille dame métallique, de sa léthargie temporaire.

Djibril avait guidé les femmes dans sa ronde habituelle, leur faisant visiter les différents postes de l'Esperanza. Il mettait en avant tous les membres de l'équipage, qui de par sa fonction assurait le bon déroulement du voyage. Ce passage en revue ne contenait rien de superficiel, car il souhaitait vraiment remercier chacun d'eux pour leurs rôles essentiels.

Les jeunes Sénégalais, investis des postes de matelots, laissaient rejaillir leur fierté, comme un drapeau que l'on déploie, pour redorer ses couleurs. Alem ne put s'empêcher de penser qu'il tenait une revanche pour son peuple. Parti avec le sentiment de constituer une marchandise, et condamné à devenir esclave, il empruntait le chemin du retour, avec un rôle défini et libre de ses actes.

Lester semblait heureux de mener une nouvelle équipe, l'occasion pour lui de briller par sa conduite, et raconter ses exploits, sans donner l'impression de radoter.

En contrôlant sur les étagères s'il ne restait pas de la poussière, Rosa me trouva posé, et me saisit aussitôt. C'était une première pour moi, enfin de douces mains de femme, mais je me repris instinctivement, ma mission n'était pas terminée.

En guise de couverture, j'arborais juste une photo, de cette magnifique île, l'île de Porto Rico. Elle caressa ma devanture, comme si elle disait adieu à ce pays, puis parcourut mes premières lignes, au moment où le bateau se mouvait.

Ses yeux splendides, dont le regard balayait mon contenu, dissimulaient maladroitement, un air léger de nostalgie. Elle quittait la terre qui l'avait vu naître, ainsi que ses parents et le réservoir de ses ancêtres.

Mais la destinée de l'homme, et de la femme bien entendu, consiste à ne pas se maintenir immobile. Par la faute de ce marin Islandais, qui avait introduit des chromosomes nomades dans son ADN. Et puis surtout, car l'amour donnait des ailes à cette petite femme, et qu'il demeurait plus puissant que tout.

Ces ailes lui allaient merveilleusement bien, car elle était devenue un ange, pour ce colosse couleur ébène, qui ne respirait que pour elle.

Son premier mari revêtait également une forte corpulence, avec l'ossature de ceux qui ne se laissent pas intimider, mais les failles peuvent demeurer invisibles, et vous ronger intérieurement.

Les humiliations qu'il subissait au quotidien, par ceux qui prétendaient appartenir à une meilleure race, finirent, avec l'aide d'un mauvais vin, par venir à bout de sa clémence. Une bousculade, un coup, une bagarre, puis une malheureuse chute le conduisirent en prison pour homicide. Le procès n'eut pas lieu, il s'était pendu avant, ne supportant pas d'être retenu dans une cage. Il criait depuis son incarcération que le délit dont on l'accusait consistait à ne pas être assez bien pour vivre sur sa propre terre.

Rosa laissa resurgir ces souvenirs qu'elle maintenait enfouis dans sa mémoire. Un hommage qu'elle lui rendait, sans vraiment lui dire adieu, elle le retrouvait tous les jours dans la fougue de sa fille, dans sa fragilité aussi, mais telle est la nature humaine.

Un peu plus tard dans la journée, ils avaient déjà quitté le port, elle rejoignit Djibril dans la salle de commande. L'ayant tapissé de baisers, elle lui montra une de mes pages, où j'énonçais les différentes étymologies de la contrée qui les avait réunis. Il pouvait lire que le nom indigène Taïno de cette contrée, signifiait « Terre du vaillant seigneur », et que les colons espagnols l'avaient rebaptisée, « l'île de l'enchantement ».

**

2 : Une nouvelle vie.

Ils étaient tous réunis à discuter comme autour d'un feu, et Djibril plaisantait avec le titre de propriété du bateau qui portait son nom. « Maintenant que j'ai acquis l'espérance, dois-je vraiment la démanteler, ou est-ce juste un palier, pour nous hisser plus haut ? »

Il régalait tout le monde de son humour à double sens, intégrant bien évidemment Rosa, pour mettre un peu de piment.

« Vous vous souvenez peut-être de cette histoire extraordinaire, d'un énorme gorille qui vivait dans le nord de la Côte d'Ivoire, et qui captura une magnifique femme. Et bien King Kong c'est moi et la captive c'est Rosa. » La démarche simiesque qu'il emprunta aux grands singes pour se mouvoir et se saisir de sa belle déclencha des éclats de rire qui résonnèrent autant que le grognement qu'il poussa. Il la portait avec une aisance telle, qu'elle flottait comme plume, suspendue par ses bras.

« Et le pire dans tout cela, c'est que le prisonnier c'est moi, et je reste volontaire. »

Le bonheur qui émanait de ces grands enfants rayonnait autour d'eux comme un phare allumé. Les timbres de leurs voix, dans un duo parfait, s'harmonisaient délicieusement dans les chants et dans la joie. Ceux, dont le cœur possédait déjà une partition à lire, prirent leurs élues dans leurs bras, en les enlaçant tendrement.

Celles qui, au loin, attendaient leurs hommes participaient également à la soirée. Les écrans des ordinateurs sur la table, offraient, à l'assemblé, les visages souriants de Fatou et Gizem.

La première semblait rassurée de savoir son frère en sécurité, et les voir enfin revenir tous les deux, la comblait évidemment.

Un peu tard, les esprits regagnèrent le lit plus paisible de leur pensée ; laissant un peu de plaisanterie pour le lendemain, et les jours d'après.

Tijil parla de son projet à l'équipage, et suscita beaucoup d'intérêt. Lester suggéra d'utiliser des pièces récupérées sur le navire. Il imagina les propulseurs entraînés par le courant de la rivière, et qui produiraient de l'énergie plutôt que de la dépenser. Cela semblait facile pour lui et il s'illustra dans une démonstration magistrale, digne des prestations lyriques auxquelles il nous avait habitués.

Iluminada, qui animait le débat trouva l'idée très intéressante. Elle l'invita à se joindre à eux selon sa disponibilité. Il devait élaborer un projet et ses connaissances en la matière, semblaient indiscutables.

Ils auraient besoin de lui au moins pour un an, peut-être même deux, alors s'il le souhaitait il serait le bienvenu.

Mohamed, voulu participer également, même s'il ne possédait pas ses compétences, il pourrait apporter un soutien physique, et pourquoi pas, financier. Il n'avait pas de projet précis et puis il ne savait nulle part où aller. Tijil n'y voyait aucun inconvénient, leurs aides devenaient bien entendu capitales, puis il les aimait bien et il voulait leur présenter ses sœurs.

Moindzé envisageait de créer un nouveau style, en s'inspirant des anciens, une ligne de vêtements assortie des accessoires. Il y travaillait depuis longtemps, il ne restait plus qu'à concrétiser, il nous montra quelques modèles. Waw, tout le monde le félicita. Impressionnant au vu de son âge, la dextérité dont il avait fait preuve, pour dessiner de telles courbes qui mettent en valeur celui qu'elles entourent. Je sentis un petit pincement au cœur, en découvrant son logo, un rectangle vert avec une ligne blanche, et BOTH écrit juste au-dessus.

Amar avait exposé son idée, celle où il collaborerait avec son beau-frère, pour créer un grand cyber café, assorti d'une galerie d'art. À côté de l'atelier de Fatou, il prévoyait d'aménager son bureau pour les ventes en ligne réalisées grâce à un site internet. Sacré challenge ! Il pourrait rester près de ceux qu'il aime, sans se soucier de les voir partir ni sans avoir à les quitter lui-même, en pariant sur l'avenir.

Johann fit part de sa vocation, il songeait à créer une radio mobile, il allait récupérer quelques éléments, lors du démontage du cargo. Il espérait parcourir la terre, et diffuser dans chaque pays, les messages dont les hommes ont besoin. Il voulait répandre sur les ondes, le son de l'amour et de paix, pour essayer de guérir ce monde, avant que tout ne finisse par sauter. Il ne connaissait pas encore, son lieu de départ, il demeurait difficile de décider, car il n'avait que l'embarra du choix. Lui qui habituellement ne parlait pas beaucoup, il avait utilisé sa voix comme une arme pacifique. Et tous les chemins devenaient les siens, il avait enfin trouvé sa voie.

Ahmet se livra également, avec la compagnie de Gizem, et dit qu'il désirait juste profiter maintenant, de ce temps qu'il souhaitait ne plus perdre. À avoir fui la vérité, il s'était puni inutilement, à courir après des coquecigrues, qu'il avait imaginées en vain. La vie il voulait la vivre, et en jouir pleinement, et ne garder, du passé, que la somme de ses meilleurs moments. Gizem l'interrompit un instant, en lui précisant qu'elle avait contacté ses parents, pour les rassurer et leur indiquer où il se trouvait, et qu'ils ne s'inquiètent pas plus longtemps.

***

3 : Ondes inversées.

Iluminada, vint enlacer sa mère, elle la sentait heureuse et plus décidée que jamais, à cultiver sa vie, comme un jardin où ne subsisterait aucune ombre.

Je traînais dans le coin alors je saisis l'occasion, pour me faire remarquer par la jeune et belle femme. Sur ma première page figurait une photo de la terre, ornée de différentes couleurs. Si les rouges, jaunes et nuances de verts, recouvraient la majorité du planisphère, un bleu profond s'imposait dans le sud de l'océan atlantique. Elle me prit sur la table, et me caressa délicatement, s'imprégnant de cet azur immense comme si elle voulait l'étaler, elle m'ouvrit doucement et plongeât son regard dans mes entrailles, telle une prêtresse sur le point de prédire l'avenir.

Je parlais de champs magnétiques, de l'errance des pôles et de la dérive des continents, de la possibilité que l'on subisse prochainement une inversion polaire, et qu'on entre de ce fait dans une nouvelle ère. Des signes avant-coureurs pouvaient être observés, au niveau de la zone bleue, celle dans laquelle ils se trouvaient actuellement.

Je n'eus pas l'air de l'effrayer et je dirais même qu'elle espérait ce moment, la terre avait survécu à bien des changements, l'être humain ne siégeait là que depuis très peu de temps.

Si le champ magnétique constituait un bouclier et qu'il restait présent dans un vaste espace autour de la planète, il puisait son origine à l'intérieur de celle-ci. Tout comme l'être humain qui se plaint de la pollution et du changement climatique, mais qui élabore tout pour que cela se produise.

On ne peut pas construire, et s'apitoyer sur ce que l'on a détruit. On assume nos actes ou alors on se tait.

Iluminada, restait persuadée que la terre en avait sûrement assez de nous porter, aux égards du respect qu'on lui restituait. Et que l'on finirait comme ces dinosaures, qui sous prétexte qu'ils se sentaient plus forts, régnaient, sans partage, sur le monde animal. Certes, ils vécurent la belle vie, à profiter de l'opulente végétation et des proies moins virulentes, mais aujourd'hui ils ont disparu et ne brillent que par l'intérêt que l'on veut bien leur accorder.

Qui viendra nous déterrer et nous exhiber dans des musées, quand l'humanité sera réduite en un tas de poussière ? Les poissons ? Les animaux ? Les plantes ? Pensez-vous qu'après tout le mal qu'on leur a fait subir, ils seraient assez fous pour nous ressusciter ?

Iluminada, n'était pas du tout pessimiste, et si elle ne croyait vraiment pas en l'être humain, elle ne se battrait pas pour toutes ces causes. Mais de l'optimisme à outrance à la stupidité il ne réside qu'un pas, et faites-moi confiance, elle n'avait rien d'une imbécile. Elle prendra la vie comme elle se présentera. L'homme a juste son destin entre ses mains, libre à lui de choisir ce qu'il veut en faire.

***

4 : Le cap de Bonne Espérance.

Ce fut un moment chargé d'émotions, lorsque les eaux de l'océan indien commencèrent à baigner les tôles du bateau. Les uns revoyaient leur Afrique natale, les autres s'approchaient du but qu'ils s'étaient fixé.

Ils saluèrent, au passage, le peuple de cette côte sud, qui malgré la souffrance endurée avait su mettre de côté, les histoires de couleurs, de haine et de division. Nelson Mandela, ce nom revenait sur toutes les lèvres, comme si le cap qu'ils franchissaient devenait le synonyme de cet humaniste. Je pense plutôt qu'ils voulaient s'enrichir de son expérience et de sa puissante volonté.

Tijil siégeait aux commandes, et Iluminada, m'ayant terminé le rejoignit doucement. À ses côtés, elle observait l'horizon, guettant l'apparition des baleines qui effectuaient leur migration.

Elle venait de me poser sur une table, près d'un divan sur lequel somnolait Olivia.

Je les entendais tous, parler, chanter, rire, portés par les espoirs qu'ils nourrissaient depuis peu.

Djibril, avait tenu à rendre aux jeunes Sénégalais, les sommes d'argent qu'ils avaient engagées, leurs villages, en avaient sûrement, plus besoin que lui. Les autres membres de l'équipage voulurent également participer. Mohamed précisa que dans une famille, on doit tout partager.

Une légère brise vint caresser le visage de la jeune métisse, l'enlevant subtilement au royaume de son sommeil.

La veille, elle avait fait chanter tout le monde, les accompagnant juste à la guitare, enchaînant les hymnes à la paix que les âmes sensibles avaient pu composer. Les « Stairway to heaven », « Dust in the wind », « Let it be », « Blowin in the wind » ou encore « Imagine », avaient redonné à la vie une chance d'exister. Je demande pardon à ceux que j'ai oubliés.

Le visage de Piotr s'invita dans mes pensées, arrosant les graines de nostalgie qu'il avait su planter en moi.

Le souvenir d'Abedi lui emboîtât le pas, de sa démarche téméraire. S'il avait participé à la cérémonie initiatique, peut-être aurait-il disposer de la maturité qui lui fit tant défaut ?

Olivia reprit doucement la position assise et se laissa porter par la magie du moment.

Je repensais justement à ma petite fée, Agathe, celle qui m'avait donné la vie, après m'avoir sauvé. Je la remerciais de tout mon être pour les pouvoirs qu'elle avait suscités en moi et qui m'avaient permis d'apporter ma modeste contribution au bonheur de ceux qui demeuraient autour de moi. Naturellement, en la revoyant, c'est un cœur qui vint orner ma couverture, car cette délicieuse enfant ne transportait que de la bonté en elle.

Olivia se pencha vers moi, puis me prit dans ses mains.

Je l'observais sans pouvoir agir librement, hypnotisé par son regard.

Ses traits demeuraient indéfinissables, impossible pour moi de dire d'où elle venait. Ses yeux, son nez, sa bouche, son teint, ses cheveux, toutes les facettes de son visage et de sa personnalité, reflétaient un horizon différent.

Si le Dieu Hermès présidait aux carrefours, les ancêtres de cette créature avaient dû répondre présents à la croisée de toutes les civilisations. Chaque ethnie sur cette terre pouvait revendiquer une partie de son ADN, élevant Olivia au rang de femme universelle. La jeune métisse gardait en secret, les meilleurs aspects de chaque peuple. Un héritage qui s'était constitué au fil des générations, et qui lui conférait une force à l'épreuve de tout affront. Elle n'appartenait à aucun pays, mais pouvait se sentir partout chez elle, car les frontières n'existent que sur le papier, et dans les esprits les plus fermés.

Ceux qui, auparavant, avaient décelé, en elle, une partie de l'humanité qu'ils détestaient, n'avaient reçu en retour, de cette jeune métisse, uniquement du silence, mais sans aucun mépris. Elle ne souhaitait de mal à personne, seulement du bien, car même si elle offensait son plus grand ennemi, c'est une partie d'elle-même qu'elle détruirait. Je n'eus pas besoin de décrire son visage, puisqu'elle brillait de l'intérieur, ni besoin de connaître son âge, elle devenait intemporelle. Aucune loi ne pouvait lui résister, l'amour finit toujours par gagner. Elle était une équation à elle toute seule, où quelle que soit la variable, toutes les valeurs étaient vérifiées.

Que pouvais-je lui apporter, pour rendre sa vie meilleure, elle semblait déjà tout posséder, en n'ayant, justement, presque rien.

Elle posa sa main sur ma couverture, et je sentis la chaleur de sa paume, glisser, tout doucement, sur moi, avec aucune intention particulière, seulement pour m'indiquer qu'elle était là.

Je pensais qu'elle m'ouvrirait pour me parcourir un peu, mais elle n'en éprouvait pas le besoin, donc je restais entre ses mains. J'avais préparé un petit mot pour elle, juste pour lui dire « Je t'aime », mais elle me l'avait laissé.

Il m'arrive encore de penser que c'était sûrement elle qui l'avait écrit, mais qu'aveuglé par sa générosité, je restais persuadé qu'il émanait de moi.

Dans le doute, et en toute impartialité, je préfère imaginer qu'il vous était destiné.

FIN

www.ingramcontent.com/pod-product-compliance
Lightning Source LLC
Chambersburg PA
CBHW051129020726
47501CB00005B/1427